antes que o
fruto caia

Andreas Chamorro

ABOIO

antes que
o fruto caia

Andreas Chamorro

"O anjo entrou onde ela estava e disse: 'Alegra-te, cheia de graça! O Senhor está contigo'. Ela perturbou-se com estas palavras e começou a pensar qual seria o significado da saudação."
Lucas, 1:28-29

*"A Vós bradamos,
os degredados filhos de Eva."*
Salve Rainha

"(...) Se a árvore me interessa mais, pesa-me mais que cortem a árvore do que o homem morra. Há idas de poente que me doem mais que mortes de crianças. (...)"
Livro do Desassossego

*não importa a terra
toda a chegada é canibal*
Paulo Scott

Art. 124 - Provocar aborto em si mesma ou consentir que outrem o provoque:
Pena – reclusão, de três a seis anos.

Justificativa

A norma merece correções. Isso porque não se pode esquecer que a legislação penal, por ser de última *ratio*, trata da proteção aos bens jurídicos mais caros à sociedade, sendo, sem dúvida, a vida o bem mais precioso tutelado. Quando se trata da vida do feto ceifada por aborto provocado pela própria mãe ou com o seu consentimento o grau de reprovabilidade da conduta é altíssimo.

Os três princípios da Lógica Aristotélica

– Princípio da identidade: A é A
– Princípio da não contradição: impossível A ser A e não ser A ao mesmo tempo
– Princípio do terceiro excluído: A é x ou não é x

Este é um livro sobre o meu pai
A. Chamorro

Visto apenas um cigarro e me sento no chão da sala. A gata dorme no estofado de seu sofá favorito. Quase não há som. A temperatura é de cidade. Este é o estado que me encontro. São vinte e três horas e alguns minutos.

Estou bêbada, acho, cheguei há uma hora e adicionei à embriaguez de cerveja três taças de vinho. Observo um galho de louro fresco resgatado da geladeira que pus em cima da mesa de centro. O ajeito na orelha esquerda. Penso em mitologia.

Para entender a mim mesma, recuo próximo a egípcias, invoco pela ilha de Lesbos, chamo artemísias, colho a mão de Deméter, resgato Hera, Penélope e Helena, não me escuso de Circe e Calipso, as tenho de braços dados, até que me chegue o além delas, até que eu alcance o solo, a terra que recebe e aviva a semente, então a árvore, que também é do feminino, pois além de gerar ela carrega, até que chegue na fêmea hominídea, na sombra de sorriso na boca longa, os olhos pequenos e expressivos, a cabeça sem os cabelos compridos, os dedos de unhas curtas e sujas de lama, os pés e pelos, muitos pelos, pelos onde alguns homens modernos e assépticos nem imaginariam que algum dia existiu.

Faço dessa noite um ritual científico, como um homem milenar urinando no fogo, ou uma mulher mais antiga que pintara escritas. Convido Teótoco, as madonas, santas rainhas e todos os epítetos. Me chamo Maria e devo começar por esta marca. Porque o nome é a marca que ainda não conseguimos nos livrar, e, honestamente, não imagino que um dia iremos, porque no momento que o hominídeo ancestral passou a inventar, cada um virou um e, para se ter a ideia em linguagem, necessitaram-se nomes.

Uma marca dada pelo pai. Uma escolha que pode parecer genérica mas que me tatuou com a estigma do nome mais comum do ocidente. Sou uma pesquisadora desde menina e conforme fui crescendo o nome Maria foi crescendo junto daquilo que entendia como meu eu. A todo momento eu me deparava comigo mesma, nos comerciais e propagandas, no programa da manhã, nas novelas, no bolinho Ana Maria, na Santa Mãe de Deus, nas avós que conheci ao longo da vida. Cresci atendendo a um burburinho, me atento a meu próprio nome como um talismã ou carimbo definitivo. Porém, um dia comecei a me corromper, e ao me corromper, me contradizer. Acabei pegando nojo dos títulos sob meu nome e, quanto mais crescida ficava, mais me mantinha longe dessa imagem de madona. Desde nova odeio meu nome. Desde quando criança quieta e quando uma adolescente roqueira abortista. Levantei barreiras simbólicas contra o meu próprio nome.

O que aconteceu tem um peso diferente porque carrego esse nome. Este outro aqui não obteve nomeação por parte de minha pessoa. Mal entendi quem é quem neste momento. Mal entendi se este outro também está na sala comigo. Por isso quis tirar o Gabriel da jogada. Compete a mim, à mulher que sinto que sou, lidar com isso completamente sozinha. Talvez seja minha ancestral principal alguma primata fêmea quadrúpede que zelava pela procriação sozinha, dentro da caverna, enquanto o macho ia sendo macho do lado de fora.

Na noite em que liguei para o Gabriel, semanas atrás, e o tirei da jogada, dormi infeliz por minha ruína emocional, mas levantei aliviada na manhã seguinte, e pronta para encarar a decisão em relação à gravidez. Estava livre.

Aliás, ainda estou livre. Livre para decidir, pois não quero ter essa criança, estou livre para pensar também. Para pensar. O que a proibição nunca evitou, o que a lei nunca domou. Há milênios o mundo deve testemunhar mulheres na mesma condição complexa que me encontro. Perguntando e se indagando. Sem parar. Sim. Não. Por que sim e por que não, mesmo que não conscientemente; a gravidez tem o formato de uma interrogação.

0

Estava bêbada porque queria estar bêbada. Porque era julho, porque eram férias, e porque quis estar com ele. Estava com ele porque queria estar com ele naquele momento, e estava bêbada para ficar com ele porque eu sabia que rolaria algo na orla, não no apartamento, não próximo aos outros.

Ele me conduziu para longe. Talvez porque Renata transparece um ciúme de mim, ou talvez pelo pudor, ou talvez por querer me esconder, ou talvez por ainda ter intenções com ela, ou talvez por não conseguir trair a esposa em público. E seria ali, no areal e eu sabia disso, mesmo bêbada.

Porque havia bebido todo o prosecco de propósito, para ver o céu noturno e as nuvens e a lua fraca enquanto sentisse ele sobre mim, ele rente a mim, ele dentro de mim. Fiz tudo isso porque quis e, talvez, tanto querer tenha desencadeado o que eu não queria, o que eu não poderia controlar, uma consequência abafada pela euforia do álcool. Posso dizer que tudo começou ali, mas a verdade mais dolorida é que o que aconteceu ali só foi a ação, a encenação, a dramatização, porque a cortina havia sido aberta no primeiro dia da minha última menstruação.

Me permiti ser levada por sua mão, para caminharmos na areia mole e rodopiarmos feito um casal tosco e rirmos e nos deitarmos no areal sombrio sob as palmeiras estáticas da noite azul e sem vento, conversar feito apaixonados no momento que Gabriel me desse um colar que pertencera à sua mãe. Quando fiz tudo isso, dei a resposta que meu útero estava esperando, permiti meu cérebro perder a independência, permiti que o muco da vida me lubrificasse até desejar os gemidos e a cintura coberta de areia de Gabriel vivendo em mim e por mim. Estava bêbada porque eu queria estar feliz. Ao menos naquela noite, ao menos na fantasia.

1

Me despedi de Gabriel com beijos na bochecha, dissemos gracinhas como dois colegas de trabalho. Ponto. Suspeitas zero. Renata havia ido embora dez minutos antes com seu marido, restando somente eu e Ana à entrada da rodoviária para pegarmos o mesmo uber.

Quatro dias em Ubatuba. O suficiente para ela pensar que havíamos estreitado nosso coleguismo ou que o coleguismo se transformara em amizade. Notei isso pelo primeiro assunto que ela puxou assim que Gabriel tornou a esquina: o quanto ele era *charmoso, não,*

Nem tanto, eu respondi um tanto afetada.

'Cê acredita que ele já deu em cima de mim, Isso foi ano passado na reunião de pais. Eu conversava com a mãe do Lucas, o Ruffino, sabe, e enquanto eu tentava prestar atenção no chororô dela ele ficou me encarando com um sorrisinho. Fiquei desconcertada, mas, por dentro, eu bem gostei, ouvir sua ladainha foi fácil, pois não sei ser faladora falsa mas sou uma ótima ouvinte falsa, até acendi um cigarro para perguntar: E você fez o quê, rolou, *Tá doida, Maria,* me deu um tapinha descontraído no ombro, cascando feito uma pata, *se o Tássio descobre é demissão na certa, já ouviu a história da ex-professora de Ciências, a que saiu ano retrasado, a Yná, para a maioria da escola ela pediu demissão mas as meninas da secretaria deixaram claro que o Tássio dispensou ela porque ela teve um caso com o inspetor.*

Que medo é esse, Ana, provoquei, Um colégio tão grande. Os mesmos buracos que os alunos do ensino médio usam para dar uns beijos podem ser usados pelos professores.

Magina, o que aqueles inspetores mais têm são olhos e ouvidos, não dá para arriscar e nem sei se eu daria uma chance para o Gabriel, talvez seja só bobeira da cabeça.

Como provavelmente toda a sua vida, disse para dentro, mas a ela, eu perguntei: Você já pediu o uber, *Ah, sim, é verdade. Vou pedir agora.*

Ana achou mesmo que havíamos nos tornado amigas por conta de quatro dias de convivência e atrito de egos num apartamento na praia. Quatro dias regados a álcool e conversas descontraídas e umas gargalhadas, até um baseado. Talvez fosse mesmo só fantasia, não só sua percepção, talvez todo o resto, sua rotina, as turmas nas duas escolas, os alunos, suas aulas, seus rompantes que não convenciam, porque, no fim, ela só seria a professora de Artes: uma coisa concreta e fácil de decifrar.

Cheguei em casa com dor de cabeça. A conversa de Ana com o motorista falante, alguém tão carente quanto ela, ressonou no meu crânio durante todo o percurso do elevador.

Abri a porta e vi meu sofá como se fosse um parente que me esperasse, me joguei entre os braços. Olhar o celular. Nem pensar, que isso já é efeito colateral da convivência com aqueles viciados. Pensei em ligar a tevê e deixá-la chiando como música ambiente para eu tomar banho, porém minha cabeça ainda ecoava leves agudos ásperos de Prof.ª Ana. Por fim, levantei-me murmurando, imaginando Ana, a figura hippie, e tomei o último paracemotol da cartela sobre o microondas, desci o copo na pia e imaginei Gabriel, no areal, atrás das palmeiras.

Acabei rindo do rastro de dúvida, um clássico *será que ele também pensa* que passou como um véu enquanto eu tirava a roupa no caminho até o banheiro.

2

Dificilmente criaremos o hábito de lembrar qual a nossa espécie. Somos profundamente primatas, primatas com nojo, vergonha e linguagem. Três anos sem tirar férias. Agora, a meu dispor: um dia todo. Eu e a casa e cada som e cheiro e movimentação de objeto que meu corpo se atreve a fazer. Desacostumei a ficar sozinha. Mãe, olha que ridícula fiquei. Diz a biologia que músculo tem memória, imagina, mamãe, que me deixei ser uma robótica. Ontem, no fim da noite, a solidão foi uma delícia, hoje foi maçante e simplesmente do nada fiquei meio aérea, chateada com o mundo, meio burra até. Do nada, não. Depois de ir ao banheiro à tarde, para ser mais honesta.

De manhã liguei para o hotelzinho de animais aqui de Higienópolis e pedi para trazerem a Clarice. A funcionária de voz nasalada que trabalhava no hotel há alguns meses foi quem me atendeu, *Ela sentiu tanta falta da mamãe, miou todas as noites,* então, seca, pedi que não demorassem e cancelei a chamada pensando em mim como mãe parteira de Clarice.

Não a roubei de uma prole como uma Nazaré dos gatos, a tirei do grupo de natimortos da última gestação de Titica, pouco antes do câncer alastrar-se. Aquele pastelzinho molhado de brotinhos moventes, de boquinha de tubarão e choro de apito veio até mim na casa do meu pai e a impedi de ser comida por Titica. Se eu a salvei da morte e a impeço de morrer até hoje a alimentando e a protegendo, então sou sua mãe mesmo. E parteira, porque ela foi a primeira a nascer, foi retirada por mim da vulva de Titica que, velha, quase não tinha ânimo para ajudar o próprio corpo a expelir o que a incomodava há meses.

Preparei omelete com um espinafre velho que encontrei na geladeira. Acabei com meia garrafa de suco de laranja direto do gargalo enquanto examinava o apartamento inundado com a luminosidade branca das nuvens. As cortinas mal tinham despertado. Seria um dia quente.

Quando larguei o prato na cuba o interfone tocou. Busquei a caixa de transporte contendo Clarice na portaria. A soltei da caixa e acabamos tendo uma briga séria. Primeiro fui bombardeada de xingos até a lavanderia, uma sinfonia de miados coléricos que me fizeram ligar a televisão. Clarice, filha, o que que foi, perguntei, brava, pensando ser comida e água. De volta à lavanderia, mesmo me armando de um saco de ração e seus potes e indo até a sala para lhe dispor um amoroso café da manhã, Clarice não demonstrou me perdoar, o discurso permaneceu intermitente. Então a recepcionei: acariciei seu queixo e seu peitoral e parei um pouco para olhar o pelo laranja, o dorso escuro rajado de branco. E ela ficou sossegada, pausou as irises âmbares no meu rosto. Era um reencontro de amigas. Dividíamos o mesmo habitat e cada uma vivia sua vida de fêmea em acordo. Assim, de repente, me enxerguei eu novamente. Clarice me trouxe de volta à minha casa, à decoração que tanto me declara, os bustos, efígies e livros nos aparadores, os quadros, as plantas, os cinzeiros, a cozinha, os utensílios de cobre, o jogo de chá português, minhas mãos, então vi que há dias não via minhas mãos, me via me lavando dos outros, de todo coleguismo de trabalho, inclusive Gabriel.

Esse logo foi para o ralo.

Beijei inúmeras vezes a cabeça de Clarice entendendo o reclame e as mordisquelas como pose de durona. Obrigada, minha deusa, obrigada.

Esse reencontro matinal foi o único momento de filosofia do dia, durante um cochilo após o almoço senti um desconforto e ao sentar no vaso e contrair a vulva senti escorregar algo encorpado, um súbito cuspe na água que por instantes me convenceu ser a menstruação que graças a deus veio logo mas não, quando olhei entre as coxas vi que era o restante de esperma de Gabriel amarelado e provavelmente temperado de areia da praia.

3

Ter relembrado o que era essa coisa de ter férias revelou que eu na realidade faço mais filosofia nos corredores do colégio, indo de uma sala a outra, falando comigo mesma, dialetizando minhas próprias conclusões, do que assim, parada e sem objetivos ou angústia, como pede a instituição "férias". Assim, me permito me imbecilizar.

Vivi um dia de idiota, no sentido mais grego possível.

Eu e Clarice comemos industrializados, bolachas recheadas para mim e um sachê de cordeiro para ela. Dormimos também, boa parte do dia. Contudo, à noite, enquanto eu e a gata, descansadas e relaxadas, assistíamos pela vigésima vez um episódio de *Seinfeld,* o interfone tocou e o porteiro me informou que Renata desejava subir.

O anúncio do nome e o horário na tela do microondas que verde iluminava a penumbra da cozinha me deixaram brava e indecisa. O raciocínio tinha de ser rápido. Um, o que ela estaria fazendo aqui. Dois, eu deixo subir e terei uma perturbação, eu não deixo subir e endosso qualquer que seja a projeção dela.

Deixei subir. Antes uma perturbação aqui do que em duas semanas na sala dos professores.

A campainha assustou Clarice; coitada, já devia ter esquecido desse som de eletrochoque, até eu me arrepiei. Acendi a luz e abri a porta para a Prof.ª Renata. Pelos cabelos mal penteados, franja bagunçada, roupa desarmônica, braços cruzados, chinelos e carteira na mão, julguei-a péssima.

Que foi, minha querida, esqueceu a sequência do π, ela riu, e isso me aliviou, *Só você para me fazer rir, Maria. Ah, me desculpa aparecer essa hora.* Sem problemas, mas, assim, como você descobriu meu endereço, *Ah, até os porteiros conseguem mexer nos arquivos daquele colégio.* Achei essa fala assustadora pois denotava que Renata me considerava amiga. E a que devo a visita, entra aí, vou fazer um café, *Que lindo seu apartamento, ah, um gatinho,* Ela não é muito adorável mas não é arisca também. Com leite ou puro, *Puro, por favor. Ela é uma graça, qual o nome,* Clarice, *Justo.* Pode falar que estou ouvindo, Renata.

E enquanto eu encaixava as cápsulas na cafeteira e, não sei por quê, separava as xícaras e pires do jogo de Coimbra de minha bisavó, Renata narrava a "tragédia" que acabara de se tornar o seu casamento e toda praga e maldição que caíra sobre seu lar. Há pouco, cerca de um terço de hora antes de ligar para uma das inspetoras e conseguir meu endereço, ela e a filha Geórgia, de nove anos, passeavam mais Joel, o pug da família, pelas calçadas e pracinhas da Pompeia quando seu marido liga do nada e, enfurecido, ordena que elas retornem.

Ele já estava desconfiado desde antes de Ubatuba, quando cheguei em casa vi que ele tinha entrado em todas as minhas redes, até meu histórico do navegador ele viu.

O desenrolar da situação foi clássico. Osvaldo passou da linha ética, não segurou o eu consciente do domínio dos pecados da esposa, foi-se empurrão e tapa na cara.

Servi o café e acabei notando o avermelhado próximo à orelha e o furo do brinco rasgado. Puta merda, hein, Renata, pulei do sofá e a abracei e deixei que caísse minha casca dura um pouco e me permiti sentir a carne de outro ser humano, ter a chance, por mais imageticamente que fosse, de sentir o que ela sentiu e ainda sente porque sei que não há memória que não doa. Podia enxergar perfeitamente Renata através dos olhos de Osvaldo. O tapa, os cabelos volteando, os olhos encharcando e o rosto apaziguado pelas mãos.

Nunca troquei palavra com ele, contudo, as montações e estereótipos andam tão claros que não duvidei um segundo da idoneidade do depoimento de Renata. Nos apartamos do abraço em silêncio, sem sorrisos, somente suas fungadas de choro e o ruído do isqueiro acendendo meu cigarro. Uma mulher inteligentíssima, uma mulher inédita na história inventada pelo humano. Onde Pitágoras teria chance de ter sido um nome de mulher. No entanto, em minha frente sentava-se a professora de física Renata Marins, um sujeito também detentor do compasso, do esquadro, do número e da exatidão, mas que não achou solução ao problema do jugo patriarcal. O amor derreteu a exatidão de seu ofício. O que Renata conhecia do tempo e espaço físico ela desconhecia de seu tempo e espaço subjetivo. E como esperado de uma física, ela me jogou a bomba:

Ele descobriu um caso meu, Maria. Um caso com o Gabriel.

Não deixei que ela confirmasse suspeita alguma sobre o que tive com Gabriel. Com toda a certeza ela imaginava algo, afinal veio até meu apartamento e jogou a informação na minha cara, aliviou a si mesma como um punheteiro pela noite atípica, pelo decaimento de seu orgulho, pelo corpo ferido. Não deixei que ela soubesse de nada nas minhas frases, não porque nós duas transamos com o professor de educação física e isso seria um pequeno escândalo no âmbito profissional, mas porque, no fundo, eu odiaria saber que outros sabem que eu dei para o professor de educação física. Eu sei que muitos me veem como estrita, e um pequeno número está ciente que eu não quero amor de seu ninguém, às vezes nem de Clarice. Manter longe do meu nome qualquer denúncia seria a primeva necessidade.

Logo, incorporei uma amiga conselheira. Um pouco contra a minha vontade pois isso daria potência à sua fantasia em me ter como amiga a ponto de tomarmos cafezinho na sala dos professores e irmos fumar na calçada juntas até os meninos do terceiro começarem a dizer que somos lésbicas. Mas fiz meu papel enquanto mulher e cidadã e pessoa ciente dos sintomas do nosso tempo. A acolhi com as melhores palavras, as mais cruas que tinha e as menos apaziguadoras, tentando trazer seu racional ao mais próximo da verdade.

O que é traição, Renata, me diga. Isso não existe, tanto que até hoje não conseguimos dar uma forma a isso. Aliás, chega a ser triste que você tenha que vir até aqui para podermos conversar sobre o óbvio. Um dos maiores delírios coletivos é a falsa ciência de que controlamos de alguma forma a atitude alheia, como se tivéssemos uma telecinesia social. Ninguém consegue *dominar* ninguém completamente, nem o Osvaldo é seu norteador, nem você é da Geórgia, por exemplo.

Ela não gostou desse final, deu um farto gole no café e bateu a xícara no pires. Não retrucou, mas sei que discordou de mim.

Dado momento, pediu para passar a noite comigo. Neguei sem titubear. Não tenho talento nem vontade em ser analista de ninguém. E isso a trouxe de volta e ela lembrou o que realmente éramos: colegas de trabalho. A professora de Física benevolente que dá chicletes aos alunos e a professora de Filosofia conspícua, calada, que fuma sozinha na portaria das salas de recuperação onde raramente surge uma alma intrometida. Enfim eu havia conseguido dar cabo do altruísmo do dia.

Renata se foi para o alívio de Clarice que, da lavanderia onde fazia seu xixi, correu rumo ao sofá e encabeçou um ronronar de sonolência. A acariciei, apaguei a luz e fui escovar os dentes segurando a testa. Uma dor de cabeça aguda me tomara de novo.

4

Me levantei assustada com o despertador do telefone, varada num súbito pela ciência do retorno à rotina escolar e por um enjoo violento. Acabei vomitando no chão e, cambaleante, acendi a luz e afastei Clarice para que ela não lambesse a pequena poça alaranjada.

Senti que o dia realmente havia começado depois que limpei aquela sujeira, ficando a ponto de me atrasar. Vinte e seis dias de férias me deixaram entorpecida e não adiantou tentar ajustar meu relógio biológico de novo acordando às seis da manhã nos últimos quatro dias. O cérebro não é tolo. Abasteci os potes de Clarice e fui para o elevador rezando para não encontrar qualquer vizinho, já tinha comigo que seria um dia péssimo.

Fui de metrô porque era rodízio, o que me deixou mais nervosa pois a náusea voltou no meio do trajeto. Cheguei na escola sonolenta e acabaria ficando mais sonolenta ainda depois do dramin que tomaria na sala dos professores antes de encarar o 1°C. Essa turma era composta em sua maioria de desconhecidos, com exceção dos repetentes. Cheguei na sala e antes de começar, assim que ajeitei a mesa, me apresentei de forma breve e deixei explícitas as regras da minha aula, sobretudo quanto a paciência diante de minhas sintetizações. Tudo dito de forma fria, séria, sem humor ou qualquer tipo de alusão a uma professora imaginária que seria substituta da mãe deles em alguma medida. Sempre tive comigo que deveria ser uma professora que simboliza a disciplina de alguma maneira, e a Filosofia está longe de ser dada. Por sorte, ao longo do ano, os repetentes me fariam o favor de transmitir o mito.

Passado mais de trinta minutos de aula, quando iniciada minha introdução ao fazer filosófico, percebi que o enjoo sumira, usei o alívio para melhorar meu discurso e engajar os dorminhocos na disciplina. Os enganchei tecendo sobre um detalhe constitucional da atividade filosófica: o estranhamento diante da realidade, e toda a interrogação que um olhar de "admiração" pudesse trazer à tona. Citei Schopenhauer — *"Possuir espírito filosófico é ser capaz de admirar-se dos acontecimentos habituais e cotidianos..."* — com certa eficiência a despeito das risadinhas geradas pela dificuldade em pronunciar seu nome, e Aristóteles, adicionei o artifício facilitador do professor, o livro didático, através de uma imagem na página 12, uma pintura em três dimensões numa superfície plana que dá a impressão de uma fenda gigantesca numa geleira, ressaltei as atitudes dos sujeitos presentes na fotografia, uns que fingem equilibrarem-se e um outro que estaca sossegado diante do precipício; trouxe a ilusão de ótica como alegoria: Vocês já devem ter visto algumas das famosas obras de ilusão de ótica, pois bem, não tem um momento em que conseguimos distinguir onde está a ilusão e onde não está ilusão. Essa operação é o que chamamos de fazer filosófico, ou, análise crítica da realidade. A maioria dos olhinhos estavam comigo, o que me trouxe afeição por esse 1°C.

O sinal também me salvou. Ele tocou justo quando expunha sobre a morte de Sócrates e o amor pelo pensar antes de trabalharmos com trechos da defesa de Platão na próxima aula. Não sei como não estava embrulhando as palavras. O remédio parecia ter perdido feio para meu organismo, o enjoo voltou mais forte. Não vomitei, mas fiquei uns bons três minutos sentada numa carteira da primeira fileira com o ventilador ligado direto à cara, acudida por duas meninas. Neguei ajuda quando me vi melhor e acho que fingi bem que era somente calor.

Após o intervalo, durante minha quarta aula do dia, ao pensamento veio a primeira vez. Eu acabava de sair da sala dos professores depois de uma pequena discussão com Gabriel. Sua pessoa, até então longe da minha cadeia de pensamentos, me lembrou tudo o que eu havia praticado junto dele, em especial o sexo. A quarta aula acabou sendo uma das piores aulas que já dei na carreira. Nem a morte de Bianca, nem a morte de Titica, nem a internação de Clarice ano retrasado, nem a morte de um aluno, nem a política do país ou qualquer outra abominação que supostamente me diria algo, nada disso um dia me atrapalhou em aula. Faz parte do ritual essa abstenção do externo e do privado quando um professor dá sua aula, é como um padre que deve se manter no transe atencioso do gerir de uma missa, não alcançaria graça de Deus alguma se ele pensasse o tempo todo na morte da bezerra. O pensamento me pegou *naquele* momento, na ida à sala do 1ºA. Primeiro eu revi toda a viagem, todos os diálogos no apartamento, no quiosque, na orla, então revi toda a transa, passo a passo e o pensamento roçou minha racionalidade e não fui forte o suficiente: deixei-o entrar, e a partir desse momento não o esqueço jamais. Na vida real, infelizmente, ovo visto é ovo jamais perdido.

Saí da sala com vinte minutos de aula e fui direto ao banheiro. Teria eu compreendido por ser então verdade. Teria meu cérebro já me abandonado. Teria ele já feito a escolha, então, por isso ele deixou eu saber da verdade. Seria isso, então, seria isso. Entrei num boxe, sentei sobre o vaso, abaixei minhas calças até o tornozelo, mas fugi da calcinha, olhei o teto e quase caí na armadilha da pátria. Não, não deveria ser somente *minha* a prudência diante da possibilidade de concepção. A responsabilidade não é só minha e jamais será somente da mulher. Indiscutível. Mas eu estava tranquila, e não por causa da bebida, não estava uma louca embriagada sem saber meu nome. Eu somente estava me deixando tomar conta por uns instantes. Bem, cara casado, mais de quarenta anos, havia me dito que fizera vasectomia, pai de três filhos, passa o rodo na mulherada desde a primeira escola em que trabalhou e não saíram filhos disso. Era mínima a chance. Não era. Olhei a calcinha e vi uma mancha tímida de sangue como costuma ser nos primeiros dias de minha menstruação.

Saí do banheiro e voltei para a sala de aula como se nada.

5

Naquela mesma noite eu fiz um teste de farmácia e a segunda tira nem fez menção de se azular. Dormi achando que o enjoo e as dores de cabeça tinham sido um efeito placebo do avesso mas sonhei com aborto até encharcar o lençol e os cabelos da nuca.

Acordei e fui direto fazer um Beta HCG. Três dias depois fui a um ginecologista e somente quando ele referiu toda a avaliação de sintomas em paralelo com o exame e mais alguma coisa que não lembro que admiti a mim mesma: você está grávida.

Cheguei em casa naquela tarde brava feito um animal, Clarice nem ao menos tentou se aproximar de mim, quedou-se desarmada em cima da cama enquanto eu fumava um cigarro atrás do outro na sala.

Tive de refazer todo o percurso. Fiz pesquisas no Google, entrei em grupos de gestantes e vi vídeos no YouTube. Refiz tudo, repercorri o que me aconteceu.

E começou antes de Ubatuba. Deve ter começado até antes de me convidarem. Talvez eu, inconscientemente, tenha aceitado ir porque já estava iniciada a mudança brusca. A ruína estava prestes a ter seu primeiro corisco.

Combinamos a viagem alguns dias antes de sairmos de férias, paguei a passagem com um absorvente interno intumescido enfiado na vulva, e quando chegou a data algum óvulo meu estaria escorregadio na busca de ser implantado, como espera o inconsciente milenar do corpo gerador todos os meses. Quando transei com Gabriel, um pouco antes de irmos embora, ele deve ter sido implantado com sucesso. Era só a realização de duas fantasias, a minha em tê-lo e a dele em me ter, mas para o corpo isso também significava uma guerra, cuja vitória nós é que demos o pretexto. Centenas de milhões de espermatozoides nadando pela mucosa originada da ovulação, até que um consegue se amaldiçoar. Imagino os outros, tristes, sabendo que vão morrer, enquanto o vitorioso mal sabe o que o espera.

Uma semana. Uma semana até que o óvulo implantado chegasse ao meu endométrio engrossado pela progesterona. Pronto, *fiat homo*. E a partir desse momento — quando será que de fato ocorrera esse momento. Será que estava deitada, dormindo, cantando, divagando, no mercado, limpando a caixinha de areia de Clarice. Terrível não saber — a cada doze horas as células se duplicam, mandando a mensagem a meu corpo de que um outro já se faz.

O cérebro é a primeira mãe ou pai de um embrião.

Durante as últimas semanas, sem eu ter um rastro de noção, o outro foi de 0.15 mm a 1 mm dentro do meu âmago, me trazendo enjoos, dores de cabeça, e uma proeminência quase dolorida nos mamilos. Um outro que, ao longo dos dias, desenvolverá olhos negros como sementes de mamão, um rascunho de cérebro e o esboço de um túnel neural.

Na última quarta-feira, quando tive a primeira e opaca suspeita, quando dei aquela aula péssima, o ser já *era* um ser para o fundo do meu corpo e minha batalha então seria entre a minha alma e a dele.

Hoje tenho a completa ciência de meu estado. Sinto os cheiros da gata, da casa, dos vizinhos e da cidade a quilômetros. Paradoxalmente, venho comendo muito e me sentindo exausta ao mesmo tempo. Mas é a primeira vez que decido encarar isso. Essa semana o outro chegará a 2 mm. Um milhão de células se reproduzindo, uma festa divina dentro de mim. Já está mais do que na hora de encarar. Já não serei a mesma, afinal.

Me pus na posição dos meus alunos e comecei a interrogar o princípio, a base. O que, então, é isso de gravidez. E antes de encarar a investigação propriamente dita eu notei que teria que me despir da casca cívica o máximo que conseguisse. A gravidez e a maternidade são instituições tão estigmatizadas que, para conseguir interrogar no avesso do além da coisa, eu teria que me ausentar de mim mesma. E, assim, me ver como um católico medieval diante de uma polução noturna. E por que interrogar. Talvez para obter um lastro de resposta que me ajude a decidir o que farei com isso. Mais: o que farei de mim a partir disso. Não sou mais a mesma. Era uma Maria antes, estou sendo outra Maria e serei outra depois da conclusão. Não há escapatória. O único vislumbre certeiro que tenho é que eu era uma mulher convicta da vontade de *não* ter filhos. É esse meu ponto de partida.

A gravidez tem o formato de uma interrogação. Quando eu estava no mestrado tive um insight que me acompanhou até a minha dissertação e porventura até ser efetivada no Wolfgang. Pensei o seguinte, que, em última instância, o logus e todo o registro de suas derivações inventivas — a própria filosofia inclusa — seria o responsável por sua própria negação, como se o conhecimento acumulado pelos humanos, chamemos de cultura ou civilização, que seja, mas esse conhecimento acumulado fosse um macrossuicídio assistido da própria humanidade. Quanto mais sabemos, mais nos livramos das ilusões e dos delírios, uma vez lúcidos do inegável não o recalcamos nunca mais.

Pensando nisso agora, gestando uma outridade, o embrião se apresenta como uma auto provocação involuntária à minha dissertação freudiana-cioranesca, penso se todo o conhecimento não seria também produto de um sintoma, como se a filosofia e a ciência fossem uma espécie de repetição.

Acho que lembrei disso porque essa teoria é aplicável ao que farei agora. O que quero saber se refere a diversas características do humano e pinçando o gozo pelo controle, ou seja, todas as ciências naturais e exatas, a referência é clara, porque este é um basal delírio nosso, o de que temos que ter o máximo de saber sobre o que não é a gente, e o corpo da mulher escapou daí algumas vezes. Agora não mais. O que quero dizer é que há um nervo que ninguém toca, a mais importante dobradiça que pode fingir o pensamento humano; o corpo que gera já foi estudado e definido ao avesso, científica e filosoficamente, mas por que não tocam na ferida.

Há duas coisas para o humano, a chance e a continuidade, que são imprescindíveis. O que mulher implica a isso. Bem, a filiação cada dia morre um pouco, e a mulher, curiosamente, por causa disso, é quem pode salvar a Terra. Vou escrever uma coisa para todas as mulheres que no passado detiveram o espírito da pergunta na condição de gestantes. Quem lota ou esvazia o planeta somos nós, que geramos. Aristóteles que me perdoe, mas a mulher não precisa engravidar para ter uma vivência de potência completa, só a ciência desse segredo basta para sermos entes completamente potentes. Penso, logo sei. O controle verdadeiro que o falo tanto aponta, na verdade, está na natalidade de uma espécie, e o órgão responsável por isso está vivaz dentro de mim neste exato momento.

Portanto é minha toda a matéria a ser desenvolvida sobre essa pêra com olhos que passeia dentro do meu útero. Sei que o entenderei em algum momento, mas, a priori, devo considerar meu sujeito. Acredito que neste estágio não há espaço a mais ninguém senão eu. Não me acho errada. Veremos.

6

Nunca cogitei a audácia de ser responsável pela existência de um outro nesse mundo. A parentalidade condiz com sua época. Em minha época ter filho é item de lista. Há inúmeras embocaduras de explicação e delineio para ato tão primário que é gestar e constituir um outro ser humano, seja você o corpo hospedeiro ou não. Inclusive, ouso dizer ser essa uma das perguntas fundamentais do sujeito e que deve ser feita um momento ou outro. Por que gerar outro ser humano. Essa é uma pergunta radical demais, uma interrogação forte e estamos viciados em fugir de perguntas fortes. Vivemos tempos açucarados. Homens e mulheres não chegam a intuir uma vontade em se interrogarem sobre a constituição de um filho, porque estão profundamente moldados pela cultura burguesa, pelo sonho da família. Sabendo o mundo como sabemos, entendendo seu funcionamento e seus termos como entendemos, temos filhos e assistimos sua constituição de forma sádica e estritamente narcisista. Raramente acontece diferente. Boa parte das vezes, ter filhos é perdoar a si mesmo, é dar chance aos desejos que não foram supridos, e quando isso falha completamente o sintoma ascende como fagulha e, pronto, temos um assassinato com tacos de beisebol e uma menina atirada pela janela.

7

Por exemplo, nesta passagem Aristóteles afirma: "Ademais, causa significa o princípio primeiro da mudança ou do repouso; por exemplo, quem tomou uma decisão é causa, o pai é causa do filho e, em geral quem faz é a causa do que é feito e o que é capaz de produzir mudança é a causa do que sofre mudança". Compreenderam. *Professora, a senhora poderia repetir para eu terminar de copiar,* Fazemos assim, vou escrever no quadro para a sala copiar e retomo o raciocínio. Essa passagem é importante para entender causa eficiente e causa final na teoria aristotélica.

Comecei a escrever o aforismo. Talvez a conjunção do prisma do sol na superfície branca da lousa e a inescapável reflexão diante do pensamento aristotélico tenham me ativado um comando em meu complexo estado, pois me senti bamba num piscar de olhos e, em seguida, me vi vomitando na lixeira da sala de aula, então nada, além do teto manchado, o ventilador em câmera lenta. No seguinte segundo desapareci de mim.

Meu cabelo estava molhado, havia mechas grossas grudadas na testa e pelo pescoço. Estava deitada, meus pés estavam descalços e resfriados. O enjoo passara. Abri os olhos e me deparei num único rompante com Gabriel, Renata, Ana, Tássio, o diretor e a sala dos professores com as janelas fechadas e escuras, as lâmpadas fosforescentes no talo. Já havia passado do horário de aula. *Levanta devagar,* disse Ana pegando minha mão de um jeito quase infantil, me auxiliando a ficar sentada. E aí a sala rodou. Devo ter feito uma careta preocupante. Renata correu ao filtro e Gabriel não segurou o semblante de nervosismo de um moleque que quebrou a janela da vizinha.

Deparei-me com a figura de Ana assim que voltei ao meu ponto de equilíbrio. Renata, após me servir o copo plástico num silêncio incômodo, voltou para a janela mais ao fundo e acendeu um cigarro. Gabriel havia ido ao banheiro e o único ente ali que pareceu genuinamente preocupado comigo e não com a curiosidade ainda não sanada sobre meu suposto estado de gravidez era Tássio. Seria pueril não achar que eles não pensaram em gestação. Com exceção de Tássio. Ele sabia como eu funcionava pois também mantinha uma distância invisível do resto do quadro de funcionários. Como sempre fui a professora que nunca dá problemas, meu desmaio realmente o preocupou. *Vou chamar um uber para você, Maria,* Não precisa, Tássio, é rodízio, eu vou de metrô mesmo, bom que tomo um ar, *Você tem certeza, minha querida,* veio Ana como uma assistente social adocicando uma negação a um pai ou mãe sem condições de matricular o filho no renomado Wolfgang. Não que desejasse ela realista demais, somente neutra, sem essa cena inútil diante do esperado.

Levantei-me, pois queria ir ao banheiro mas senti uma leve tontura. Não informei a eles do enjoo, mas aceitei o uber. Pode descontar, Tássio, *Magina, não esquenta. Quer ajuda para ir ao banheiro,* perguntou Renata, séria. Neguei até com convicção demasiada na voz. Já bastava o enjoo, não iria querer a dor de cabeça de uma discussão no banheiro feminino por conta de um homem.

Saí da sala e senti um alívio imediato por causa do vento assobiado dos corredores. Olhei a secretaria iluminada mas vazia de vida, somente o zumbido dos mecanismos espalhados pelo andar e um eco da vivacidade da rua lá fora. Andei como se num lago congelado, tentando encaixar o que me acontecera e, em muitos anos, senti a vontade de chorar.

Involuntariamente me lembrei da doença do meu pai, quando fui visitá-lo no hospital e essa minha atitude aparentemente inesperada o derreteu a ponto de cruzarmos os olhares e dizermos em silêncio um ao outro que o laço estava reatado. Porém, não era verdade.

Então, você é a famosa Maria, que é professora, disse um companheiro de quarto, dando batidinhas no meu ombro; não lembro de seu rosto, somente de sua bolsa de colostomia, parecida com a que meu pai colocaria semanas depois, e o final da saudação, *Seu pai fala muito de você, todos os dias*.

Chorei. Empurrei a porta do banheiro já em prantos, sentindo uma dor física no coração, como se a solitude da vida humana e tudo isso que a gente inventou se flexionasse contra mim, me embalasse e me triturasse em verdades nuas em pelo. Me vi chorando entre soluços por me ver substância e nada além e aquele banheiro, seus espelhos, suas torneiras automáticas, suas cubas de pedra, seu chão imaculado, seu cheiro floral e seus boxes herméticos me disseram ser substância para a substância que sou eu, que somos nós. E sou a substância azarada, pois eu detenho a maior parte de poder no momento de fazer outra substância e que se eu estiver grávida de uma menina. Não, não queria pensar nisso agora. Mesmo sabendo que naquele momento as gônadas que se definiriam numa nuance entre testículos e ovários estavam longe de sua formação. Joguei isso para fora da cabeça, assim como as cenas paternas e todo o ocorrido do dia, toda a situação que ficará grudada à minha figura, porque funcionamos assim, categorizamos assim: serei a professora que desmaiou. Já houve de tudo, de professora que se relacionou com alunos a professora que teve *nude* vazado nos grupos do segundo e terceiro ano. Há nove anos eu escapava safa, excluía a escola e qualquer ser humano relacionado a ela de meus momentos pecadores. Eu seria agora a professora que desmaiou. E por que desmaiou, e a água que escorre da pedra já foge de mim, se foi. Eu serei o que o amadurecimento do mito no boca a boca trouxer como conclusão. A intuição de uma gravidez já é tema suficiente para os meninos delirarem. Penso que professoras às vezes carregam a mesma interdição sexual que as mães. É intrigante para eles imaginarem que uma professora transa. Onde evoluímos se os meninos que devem estar pensando isso em casa agora mesmo são filhos das pessoas mais ricas do estado. E como eu cheguei a isso. Não só a esse pensamento, mas a essa *preocupação*, nunca me incomodei com o que os alunos pensavam de mim. Só que me descontrolei, ou melhor, meu corpo me mostrou quem é a mão e quem é o leme.

O vórtice de pensamentos minou o choro. Me vi sentada no chão do banheiro, próxima do secador. Me recompus, como pude. Lavei o rosto sem olhar o espelho e saí para o corredor.

Vi Gabriel encostado na parede contígua à secretaria.

A iminência de uma cena patética a qualquer momento me irritou profundamente, a ponto de pensar que poderia perder as estribeiras em anos e ter um surto. Gabriel, parado como um moleque que se imagina ameaçador. Por mais altura, pés tamanho quarenta e dois e gogó proeminente, a pose — um dos joelhos flexionados, o pé à parede, uma mão amassando o forro do bolso da calça e a outra afagando o queixo e a barba rala. Mal sabia o quão ridículo era aquilo. Renata poderia sair da sala e nos ver conversando assim, furtivos como crianças.

Estava louca. Em segundos me transformei na rival de outra mulher. Que coisa ridícula, quis gritar ao andar em direção à porta ignorando o dark prince dos circuitos cronometrados. Porém, ele se moveu. É claro que ele se moveu. Viria sim, a mim, bestial, quase como se atuasse numa cena de quinhentos mil anos. Fui com toda a força.

Vai para lá, sussurrei colérica, não quero ceninha.

E entrei na sala. Renata não estava mais, Ana também não. Somente Tássio que, num trino de miradas, concluiu que eu estava recomposta. Inclusive psiquicamente.

8

Dois dias após meu desmaio telefonei para o Gabriel. Fui clara em relação à gravidez. O filho da puta desmentiu a si mesmo.

Caralho, Maria, pensei que 'cê 'tomasse pílula, tivesse laqueadura, sei lá.

Você é um escroto mesmo, disse sem pensar, 'cê mentiu, não foi.

O que, filha, menti no quê.

Na história de vasectomia.

Já falei, pô, achei que 'cê tomasse pílula.

Até o ponto que articulei uma afirmação, até que joguei a conversa a um sentido manipulado como que: sim, Gabriel, foi uma gravidez que causara meu mal-estar, mas que, infelizmente, eu tivera gravidez química, por isso o desmaio e a ligação e, agora, a explicação. O que obviamente era uma hipérbole, no entanto ele não pegou, então lancei a jogada principal e mencionei o termo aborto químico e assim ele ficou em silêncio.

O silêncio do entendimento.

Veremos. Detenho a existência ou não de mais um animal sofisticadamente cognitivo solto por São Paulo e pelo planeta. Porque a cor de sua pele o ajudaria nisso. Provavelmente o colégio e a educação também, e o nome, e o sobrenome, e a mãe, e a mãe da mãe da mãe, então Espanha e Portugal e todo um chumbo simbólico que cairá no animal sem que eu possa evitar. Que o animal vivesse mais um século, que seja, não são tão rápidas as nossas mudanças. Entendo que o acordo que tenho que fazer não é só comigo mesma. Tenho que fazer com a Terra também.

9

Quisera eu desejasse. Penso que se desejasse a minha relação com o tempo seria oposta. Se eu desejasse perpetuar a existência desse ente a corrida seria a favor do tempo, não quereria ver o fim da história. Porém, o anjo anunciou para a Maria errada. A que nunca quis ter filhos e que, já madura, professora, passou a ter inúmeras objeções à ideia. Há um tempo avalio fazer um doutorado e a tese seria absolutamente sobre pessimismo e ética negativa. Não considero a vida vívida, a dor existe, o enfado existe. Só o não-existir anula o fardo. Por que quererei retirar alguém de onde não se existe para o condenar a meu propósito. Não desejo e por não desejar corro contra o tempo. Mais avanço nesta estrada e minha decisão se complica.

    Passei as duas últimas noites estudando a gestação, eu e Clarice. Havia sentado de pernas cruzadas à mesa de centro para corrigir provas das turmas do 2º E e D, mas me deixei cair na correnteza desse visível-invisível, pois estou grávida porém sinto racionalmente, somente. Não vejo. Talvez a gravidez não esteja na barriga. Seria então o que uma gravidez sem a barriga. Quis saber o que meu cérebro faria comigo até que me decidisse. Me senti louca.

É manhã, estou pronta para descer na garagem e ir para o trabalho. Ainda estou indefesa. O esboço de uma possível segurança de mim mesma, de quem sou, é o que tenho na mão para seguir.

Após o desmaio não houve mal-estares. A suspeita de que a mais discreta professora estaria grávida deve já ter sido superada, sobretudo por Gabriel, afinal, é engraçado, mas homens acreditam piamente na potência da mulher quando o assunto é abortar. Estou, de certo modo, intacta. Os alunos talvez ainda se percam em suas fantasias feitas nas conspirações, meninos e meninas. Para alguns deles sou a imagem da mãe e para algumas delas, sou o espelho e a semelhança. Mas eles não têm como saber, nas últimas aulas eu nunca estive tão normal.

Porém hoje acordei desprezando meu estado. Dormi com um certo peso por mal ter cogitado começar um pré-natal, quando não há, precisamente, necessidade visto eu saber que não nascerá esta criança pois não há possibilidade de criança na minha vida. Nunca houve espaço para a maternagem em minha paixão. Mesmo enquanto professora. Não irei em pré-natal algum. Não quero mais o estado em que me encontro. Mesmo que não enjoe mais às manhãs por ter aprendido o truque da bolacha de água e sal. Não. Se existência precede a essência, então tenho tempo. Há uma existência em mim, junto-com, não nego. Mesmo que sua essência rascunhe sua existência. Ainda há o ambiente, ainda a campa rodeia o broto.

Deve haver alguém que me ajude a dar cabo disso. Mantive a ideia da procura até minha segunda aula. Por um instante perigoso não conversei com Ana. Por ser progressista até as estampas eu intuía que ela me auxiliaria caso a confessasse que quero fazer um aborto. A professora de Artes seria o caminho naquele local hipocritamente civilizacional. Porém, não sei até que ponto Ana tem discrição. Não a procurei. Mal a vi.

O dia me trouxe a comprovação de que eu estava ilesa. Não notei piadinhas ou qualquer olhar medidor sobre minha silhueta, com exceção do 1º A, turma em que foi parar um grupo de repetentes que tem birra comigo. Tássio, desde o ocorrido do desmaio, voltou ao normal, voltou a me esquivar, sem comentar nada que invadisse o privado, também não fui procurada pelo R.H.

Cheguei em casa aliviada, quase eu mesma esquecida de que estava grávida. Pedi um delivery e me larguei confortável no sofá com Clarice sobre minhas pernas.

Me atravessou um estranho pensamento. Me questionei como me sentiria se houvesse deixado Clarice ser comida pela mãe. Pensei em uma vida com ela, então me imaginei tendo uma vida sem ela. Talvez não desejasse que esse outro nascesse por eu já ser mãe. Talvez já tivesse resolvido isso com uma gata. Se maternagem e filiação, no fim, podem ser apenas companhia, então talvez eu não estivesse errada.

10

Eu dormia profundamente sobre o lençol úmido, em posição fetal, descoberta, nua e febril. Dormia sem sonho, agarrada à pequena barriga projetada. Clarice também dormia, enrolada em si mesma sobre o outro travesseiro. Nós duas devemos ter levantado as cabeças simultaneamente quando o zumbido elétrico da campainha nos acordou.

Vesti um robe de seda turmalina que eu não lembro de ter comprado. Senti frio, notei como suava entre os seios, o brilho baço da barriga. A escondi com o robe e caminhei rumo à porta. A campainha tocara mais duas vezes.

Era madrugada.

Ele me bombardeia com sua presença muda, com passos largos para dentro do apartamento, com uma expressão ajuizadora. Eu preciso não reagir, fecho a porta em câmera lenta, o vejo com minhas costas, com medo de usar os olhos, até que os uso e noto ser ele mesmo, e entendo o que acontecia. Simples assim. Acontecia. A vida acontecia sem que pudéssemos sequer nos preparar. Gabriel, homem de quarenta anos em calça tactel e camiseta de personal trainer. Gabriel me olhando, olhos de melaço como o tom da pele sob a penumbra da sala de estar. Fita a barriga. Lê o símbolo.

Por que não me incluiu nisso, Porque eu não quis, Gabriel. Isso é problema meu. *Problema.* É, de certa forma. Eu vejo como um problema, eu e você conservarmos um laço vitalício por causa disso que aconteceu. Gabriel virou o rosto e eu tive a impressão de que levantaria e iria embora. Acendi um cigarro e ele disse, *Maria, olha, me perdoa, mas é contra os meus princípios que essa criança cresça sem pais.*

Gabriel, e por que você decidiu vir debater isso comigo, olhei o microondas, às duas e treze da manhã. *Briguei com minha mulher outra vez, então pensei em vir, acreditei que me receberia, não esperava que você estivesse grávida, confiei no que disse pra mim, que não era pra eu me preocupar, mas, não sei, não esperava que você fosse essa pessoa, você nem chama a criança de criança, mas de "isso".* Pensou que eu fosse imaculada, que nasci sem pecado. *Por que você 'tá gritando.* Não estou gritando, Gabriel. *Seu pai bem me avisou que você era assim.* Como. *Que era assim, fria, distante, desligada, quase sem, sem empatia.* E como você conheceu meu pai, desafiei.

Então vi, se esgueirando para fora da barra da camiseta, uma bolsa de colostomia.

11

Levantei perturbada e completamente esquecida de estender a mão e agarrar uma bolacha de água e sal. Vomitei o chá de camomila que tomei no meio da madrugada para que voltasse a dormir pois havia sido acometida por uma intensa dor de dente.

Não sei até que ponto o cérebro da grávida interfere em si mesmo. Anos que não sonhava com meu pai. Tanto fracasso permeia nossa relação que havia sido muito fácil apagá-lo da memória. Porém, com esse sonho perdi algo. Perdi, simplesmente. Alguma peça caiu, e já não sei da face verdadeira do meu ódio. Se ódio for. Meu pai tornou-se figurante em meu passado, como a professora do primário que um dia esquecemos que tivemos. Não, eu não havia sonhado com o Gabriel senão com meu pai. Porque ele *iria querer* saber e participar dessa gravidez, ele jamais deixaria de ressaltar uma mínima incapacidade que fosse minha. Sonhei com meu pai diante de minha mãe grávida.

Cheguei mais cedo na escola. Era um dia úmido em São Paulo, o pátio estava molhado, os alunos mais novos escorregavam, os pombos não ciscavam. Fumei um cigarro sob uma sombra densa que formava um muro, poucos vivos entravam e saíam de poucas portas, fiquei lá até tempo demais. Era proibido fumar por ali, mas fumei. Para que ter filhos se eles podem acabar como eu, mesmo que bem-sucedidos. Sou feliz, muito feliz.

Sou completamente ciente da felicidade enquanto estado e não como modo de ser, portanto sou feliz por ficar bem quando não estou feliz. Se houvesse desejo em executar uma das milhares de funções possíveis no organismo que meus cromossomos desenharam talvez estivesse feliz. Há um rompimento muito grande na vida de uma nulípara quando passa para primípara. Eu ainda não sei até que ponto serei fraca em tomar rédea dessa decisão e por isso não poderei continuar fumando nesse pátio e neste humor, não posso mais ser esta mulher que anda por este pátio, desta cidade, deste país. Terei que inventar alguma coisa, seja para amparar o que nasça seja para amparar o que nasça de mim caso o outro não nasça. Sinto fome e não sei se a fome é minha. Quero fumar mas não queimo só o meu organismo. Deveria estar em sala de aula já, para começo de conversa.

Gabriel, de repente, irrompe da quadra com a pele suada e a regata atada ao tronco. Quando chega perto de mim repreende que eu fume onde não pode. Não respondo mas também não trago o cigarro, o deixo parado nos dedos. E de um completo nada, Gabriel quer falar de nós.

Sei que não deu em nada a gente e nem quero ser insensível, mas tem como você devolver o colar.

Olhei uma vez. Joguei a bituca no latão de lixo e andei quase correndo para a sala. A bituca caíra sobre um cachorro-quente comido pela metade.

Tenho que fazer com a Terra também. Comecemos então, a palavra-chave é homicídio doloso, não.

Mulher, único animal fêmea a ter seu órgão reprodutor juridicizado. O jorro eterno do sopro de vida no mundo tem sua cessação nas mãos de Maria, mãe de deus, então.

Porém, passamos da modernidade, certo. Deus hoje é um americano branco bilionário. Podemos pecar em paz e será bom pecarmos enquanto é tempo. Irei pecar, tudo bem.

Hoje fazemos filhos para os vizinhos, filhos para a família do cônjuge, filhos para os filhos dos amigos e das amigas, filhos para manter os pais, filhos para manter o que é dos pais, filhos para serem os pais, filhos para matar, filhos para zelar, filhos para ter netos, filhos para herdar o controle, filhos para vestir, filhos para usar, filhos para se espelhar. Cada casamento que eu vou menos testemunho a concepção cristã, de objetivo nuclear para a procriação irrestrita da espécie. Não, agora os filhos são feitos antes, nas conversas após o sexo. Há alguns séculos, ou milênios, que ter filhos vem sendo um consórcio fadado a falhar. Há muito pouco tempo, o tempo de vida de uma avó, que entendemos o quão desenhistas somos dos filhos nos primeiros anos de vida, porque o cálculo vinha sendo injusto para a cria, a conta dos pais levava em consideração somente a si mesmos e a cultura, nunca os filhos ou a subjetividade deles.

Eis o início de minha defesa pois a cultura insere e cobra em mesma medida. Detenho conhecimento do que esse outro pode ser. Caso nasça.

12

Fui dormir com a cabeça fervendo de implicações em se estar grávida sem desejo algum que não sonhei com nada, pareceu que o cérebro arrumou finalmente um tempo para descansar. Mas, logo que acordei, me levantei lúcida demais e fiquei tonta. Me vi fantasmática no espelho do guarda-roupa. Naquele exato momento, cerca de um milhão de células se dividiam por minuto, que talvez amanhã, depois de amanhã, ou talvez em três dias, brotem as protuberâncias que serão membros na massa orgânica que funciona em mim e por mim. Entendi que testículos ou ovários começam a amadurecer essa semana, por exemplo, o que implica muito em minha decisão. A coisa, ao sair, pode, depois, reproduzir outra coisa que reproduzirá outra coisa que espalhará outras coisas. Já se forma no ente as gônadas de seu *ad infinitum*.

Me culpo e odeio ter que me culpar por não ter feito o pré-natal. Porém, meu conhecimento básico sobre o assunto me informa que, se realmente for manter esta gravidez, eu deva avisar o R.H. da escola em algumas semanas. Minha vontade é bater na mesa da chefe e pedir um afastamento por mal-estar: há um pedaço de proteína que se mexe explorando meu útero. Não sinto vontade alguma de seguir à escola com tantas cobranças na cabeça. Não consigo seguir tão desestabilizada por simplesmente não suportar me ver desestabilizada, como se fosse uma fraca, como se esse estado somente progredisse a mais e mais buraco, mais e mais fenda. A gravidez é uma deterioração. É a deterioração de mim mesma, pois, pouco a pouco, talvez na velocidade do duplicar celular eu vá mudando para um eu que não conheço, ou que conheço e tudo o que mais queria era o desconhecer.

Quando cheguei na escola me percebi caminhando apartada dos outros, afastada das pessoas, dos funcionários, inspetores e faxineiras, alunos mais velhos e crianças, como havia feito no metrô, olhando as outras pessoas e me sentindo cheia, percebendo o mundo cheio demais, sentindo um desejo profundo de ser a única na Terra e lidar com ela e com suas superfícies como se fôssemos uma dupla. E que se preservasse os animais, somente fêmeas, assim não passava por isso sozinha.

Subi murmurando e mastigando o lábio, divisando os alunos parados pelos cantos como vultos, sem pensar no conteúdo ou na aula preparada em uma referência específica que gostaria de trazer, como o normal, como normalmente vivia, com minha particular forma de sentir prazer, gozando com conhecimento como se pornografia. Orgasmos intelectuais diários que o ensino em escola de elite me induzia a ter.

Porém, não estava normal. Andei com a cabeça no teto, flutuante, batendo nos cantos sem direção ou objetivo, como uma filósofa de verdade. Demorei o tanto que geralmente demoraria para chegar à sala, mas pareceu quase eterno, um tempo suplicante em retrogradar, sem som, somente um peso nos joelhos, e um asco para com qualquer alteridade, qualquer coisa que respirasse que não fosse eu. Talvez estivesse adoecendo, de manhã a congestão nasal veio com tudo logo que despertei e tudo se acoplou na minha cabeça. E se realmente estivesse doente deveria me preocupar com o ente. Para mim isso não passa de um absurdo. Como se a natureza tirasse a roupa e ali eu visse a lei.

Até então, subindo degrau a degrau, pensando preocupada em *meu* corpo doente, antes de chegar à escada final, por todo aquele percurso eu esqueci do ente, ele não existiu por uns instantes e isso foi bom. Durou pouco, logo não me vi mais uma doente livre. Mas foi bom.

13

Entrei na sala de Tássio e ele estava de pé, pela janela, esticando o cortinado com uma mão e pensando com a outra. Me aproximei e vi que examinava alguma construção ao longe. *Eles não param, né, Maria,* disse e me olhou como um pai. Quando se sentou o ar que se soltou com o impacto foi tanto que pensei que estava preocupadíssimo ou que até pensasse que eu vim para me demitir. Cruzou os dedos sobre a madeira como sempre. A mesa organizada como sempre, papéis sobre papéis, canetas agrupadas, bloco de notas à mão, garrafa d'água.

Bem, Tássio, eu estou realmente grávida.

Eu soube que mentiu aquele dia. E entendo. Você sempre foi uma mulher muito discreta, Maria.

Obrigado por entender, Tássio.

Já era tempo de você ter resolvido isso no R.H., acontece alguma coisa.

Não, de maneira alguma, venho aqui para informá-lo do que acontece e ver, Tássio, se você poderia resolver isso do R.H. para mim. E... por favor, não contar para ninguém.

Levantei a cabeça com o susto e num fino instante senti simultaneamente que meu pulso doía, que meus joelhos haviam adormecido, que Clarice mudou de posição e deitou no outro sofá, que a tela do computador entrou em modo de descanso e que pelo horário eu havia cochilado por quase uma hora. Desbloqueei a tela e me deparei com a pesquisa febril que empreendia até há pouco. Não sei se por lecionar filosofia e essa disciplina ser o campo mais livre do pensamento e da empresa do pensamento mas fiz meu próprio pré-natal, ensinei a mim mesma todo o arsenal básico de sintomas referente ao estágio da gravidez ao qual me encontrava. A secretária do dr. Sousa havia lotado minhas notificações com mensagens sobre o pré-natal. Não respondi a nenhuma.

Começou no trânsito que peguei na Rebouças. Depois de ser liberada por uma blitz, avancei devagar o suficiente para divagar. Obviamente, no segundo seguinte me vi pueril por querer esconder minha gravidez não só de meus alunos e do corpo de funcionários do colégio mas do mundo também. Que as obstetras soubessem da gravidez de todas as mulheres de classe alta de Higienópolis e de mais de uma Maria, não saberiam da minha.

Cheguei em casa e tomei banho ouvindo um episódio de podcast sobre primíparas. Enquanto me ensaboava, já dentro do boxe, de olhos fechados, prestei bastante atenção na fala da convidada, ela se encontrava de oito semanas como eu.

Dos sintomas me identifiquei com quase todos, os seios mais endurecidos, firmes, as pontas doloridas, o colostro, o muco vaginal com mais fluxo, a troca da calcinha. Abri os olhos de espanto quando a obstetra que era dona do programa informou que a coisa tinha uns 20mm e que o útero estaria do tamanho de uma ameixa. Olhei a barriga, consegui enxergar meus pés como antes. Eles estavam mais dilatados mas eram parecidos com meus pés de antes. Havia uma leve intumescência na barriga, mas inalcançável para determinados ângulos, não chegava nem a ser barriga de digestão. A obstetra disse que o "bebê" já tinha pálpebras formadas e que seus olhos amadureciam.

Desliguei o chuveiro e saí do boxe com calor e desespero. Muita coisa já acontecera. Muita coisa. E são coisas completamente ausentes do meu controle. Era de ordem cerebral. Pois o cérebro tem uma cartilha a seguir, percebi. A concepção e gestação são os papéis que o cérebro amanuense irá organizar, conforme sua capacidade e memória, errando nos casos raros, causando desgraças absurdas ou o querer de deus. O meu cérebro, em um mês e meio, eficiente criador divino, acordou a inflação do meu útero, começou a reter líquido enlouquecidamente, a decair minha concentração de glicose diariamente, a preservar sua criação em detrimento de si.

Saí do banheiro atônita. Dei pausa no episódio, larguei o telefone no lavatório e fui para o quarto. Quando sentei na cama pensei que uma história já havia sido pensada, bastava a mim escrevê-la ou não.

O que boiava dentro de mim, mexendo os brotos, atado a um cordão de proteína, aquilo estava sendo algo a cada segundo, cada vez mais, cada vez mais, no tempo de a frase surgir no idioma do pensamento, mais e mais e mais.

Existir implica um marco-zero que é sua possibilidade. Esse ente existia antes de si, o fato de haver um indivíduo com óvulos férteis e outro com espermatozoides afoitos cria a condição da existência sem ela.

A ideia da potência é a própria potência. O que fiz com Gabriel, mesmo que inconsequente, é antiético de minha parte, pois nossa atitude inferiu uma existência ao bem-aventurado ou bem-aventurada que no plano da ideia poderia ser mais feliz.

Quanta história no último um mês e meio em que fiquei tonta e lesada pela ciência de que estava concebendo um embrião. Pois, um embrião, o que é senão uma semente malformada que semearia solo algum. Limpei o nariz com as costas da mão. Andava com uma congestão dos infernos e o choro só piorava. É antiético matar um feto, diz a maior voz no país. Antiético é também imputar a vida. Se o que boia dentro de mim nasce com testículos sua história terá um tanto de prazer e dor, se ovários a quantidade é outra, se sua identidade de gênero não conferir então...

Me enrolei na toalha e ri, ri de quebrar o pescoço para trás, fui à sala e me sentei no sofá reparando na mesa de centro. Houve uma vez que brincava no abrigo, era uma das salas de recepção, havia um revisteiro, lembro, e um canapé bem bonito que, acho, foi doado por alguma das europeias imigrantes que ajudavam a instituição, havia uma mesa de centro também e uma vez brincando, pulando no canapé para lá e para cá, acabei me desequilibrando e caindo com todo o peso do corpo sobre o vidro da mesa, espalhando cacos sobre todo o chão e cortando minhas pernas e braços. O barulho foi imenso, minha avó não demorou a surgir e fui repreendida, passei por aquele acidente em meio a sangue, em meio a gritos sibilantes portugueses, quieta pelo choque, observando o canapé inimigo, o vidro partido em milhares de caquinhos muito pequenos, muitos deles enterrados na pele dos cotovelos como cristais. Mesmo que ocorrido esse acidente noutra vida, com outra de mim, em uma mansão, com um pai bonzinho e uma mãe viva e avós e irmãos e primos e um jardim e cachorros, o *que* impediria a mim de cair e conhecer um desprazer tamanho que é a dor lancinante de um ferimento meio grave, diferente de ralar o joelho numa queda.

Dizem os psicanalistas que o parto é o primeiro trauma de um sujeito, pois a coisa deve vir de antes mesmo. Se eu caçar na minha posição argumentativa devo achar até um sofrimento antes do parto. Quem saberá o tamanho tédio que deve haver dentro de um útero.

Voltei a olhar a mesa, estava do mesmo jeito, o silêncio de cidade abafada pela janela, o maço de cigarros parado, do mesmo modo. Acendi um, soltei a fumaça para o teto, tirei a cabeça de Clarice do computador, o abri e logo fiz uma pesquisa sobre psicólogas perinatais. Fechei a aba. Fiquei irritada comigo mesma. Me concentrei em fumar. Levantei uma das bandas da toalha e olhei a barriga de novo. Nada além do meu umbigo, a imagem clara e simbólica de um legado.

Caso nasça. Elaborar o que fazer com meu corpo. Meu corpo. Quando já não sou tão interessante a meu próprio cérebro. Quero me livrar disso. A gravidez é o verdadeiro estado de transcendência. Um embrião é o deus do Velho Testamento. E ainda assim há fechadura. Meu cérebro mexerá em tudo sem que eu saiba, e ainda assim não me causará amor. O cérebro aumentara meu fluxo sanguíneo, fizera meu útero começar a inflar, aumentara minha salivação e nada disso me fez amar o que ocorre a mim. Santa não compete a Maria que sou. Não vejo santo meu ventre, nem como simples processo biológico. A gravidez não passa de uma ocupação. Quero esta maiêutica que tento o mais individual possível, por enquanto — e não pretendo mudar — quero parir uma síntese, não uma criança. Estou grata de dar cabo disso sem nenhum envolvimento de Gabriel. Estou só na caverna. Sem o mundo, seus conceitos, uma mulher órfã e sem irmãos, e apenas grávida.

14

Todos os sons que permeiam a rotina de um novo dia começam a partir do momento que acordo e dou um longo suspiro. Hábito mantido mesmo depois de grávida, porque ainda acordo enjoada toda manhã. A cadeia sonora segue com o elástico som dos meus músculos se esticando, os ossos se reajustando, o cabelo derrapando no travesseiro, então continua com os miados crescentes de Clarice assim que ela alcança o carpete e que duram, em melodia reta, até que eu preencha seu pote de comida no chão da cozinha. Meus passos sobre o taco e sobre o piso são estampidos. A janela acima da pia faz um ruído ergonômico. Uma batida seca vem da caneca que retiro do armário quando a bato no mármore. A torneira solta um rumor, chiado e constante, durante a capacidade da caneca. A porta do microondas faz barulho ao fechar. A colher chacoalhando o chá libera a música metálica. Assim como o prato em que comi as torradas, a faca com que passei a ricota e a caneca vazia liberam uma música efêmera e composta de texturas ao serem depositados na cuba de uma vez. O chuveiro e a queda de água são ruídos, assim como uma eventual descarga, assim como os dentes sendo escovados, assim como a lingueta que tranca a porta do banheiro assim que puxo a maçaneta. O secar dos cabelos faz um barulho imenso, mas dura pouco, meus fios são muito ralos. Colocar a calça faz barulho, um barulho deslizante, o firmar dos sapatos encaixados de encontro ao chão comete novos estampidos. Os interlúdios suspirantes são barulhos. Os murmúrios que solto comigo mesma são barulhos. A sinfonia que minha existência faz pelo apartamento, infelizmente, não seria nada próxima à rapsódia da rua, à gritaria das calçadas, das portarias do Wolfgang, das escadas e do pátio nas aulas do Gabriel e outros professores de Educação Física que nem imagino os nomes.

Dando meu horário, de início ao fim, os sons são uma sequência de músicas e melodias todo o dia, mais cadentes, harmoniosos, nos cinquenta minutos em cinquenta minutos em que falo sobre filosofia e dezenas de homens filósofos, a língua portuguesa dá conta de ser uma sinfonia. Os intervalos, a cantina, os alunos soltos e falantes são caos, a sala dos professores, o vácuo.

Na caverna do ente, o mundo se fazia assim. Os ouvidos não necessitam de pálpebras por serem fadados a não ter descanso, e os ouvidos do ente funcionavam àquela altura. Sua matéria poderia intuir um universo agora. Todo o ruído do externo desenhava o mundo.

Sortudos os fetos que se desenvolveram ao som da selva.

Apenas grávida. Como devo embocar para obter a mais verdadeira verdade a ponto de não haver como eu não me decidir.

Devo ver o ente com qual critério. Devo escolher um, dois, usar todos. Pensei em maiêutica pois necessito me despir de todo o aspecto grudado ao estado que me vejo. Tenho que retornar aos primeiros semestres socráticos da minha graduação.

Há adjetivos engessadores demais atados à maternidade, pois talvez não seja a gestação o problema para mim. A gravidez é uma espécie de resfriado, o problema é seu catarro derradeiro que, após expelido, pode viver quase cem anos e exterminar judeus e tecer cálculos que terminam em bombas e cataclismas. Mas ainda assim a gravidez é uma espécie de doença santificada. Algo óbvio no tempo em que nasci. O que me preocupa é a maternidade, e sua estripação é o que procuro, porque é o que me fará decidir o que fazer.

Posso querer ter essa criança agora, só o farei se fizer as pazes com o incontornável e sádico exercício narcísico que cobrirá a criança até que ela me abandone e mude de calçada. Quererei imprimir a mim mesma nesse menino ou menina, e talvez eu goste. Talvez possa gostar. E quando gostar de ter gostado terei que lidar com esse eu solto por aí, a não me amar mais. Ter filhos é como cuidar de felinos. Humano moderno nasce e cresce para ser só. E há a crueza de que talvez me arrependa de ter deixado este outro, meu filho ou filha, vigorar nessa realidade insensata que já estou careca de saber ser a Verdade. É sadio ter filhos em um mundo em destruição. Sabendo que um veículo pode o matar, que ele terá de alugar seu corpo à Máquina, que ele amará, que ele desejará, que ele viverá com inúmeras etiquetas atadas a si além de seu arbítrio, afinal terei que dar um nome a essa pessoa, terei que vestir essa pessoa, e se a vesti-la de forma atípica, os olhares de peso que cairão sobre essa pessoa, será minha responsabilidade, então. Quando este outro é sujeito e não é. Por quanto tempo ele é e será. E eu sou sujeito agora, enquanto meu corpo inteiro se ocupa dessa operação mágica. Nos primeiros meses, até que ponto poderei ser sujeito livre. Já sou responsável pela cadeia social e terei de zelar por mais um objetivo insensato da vida em sociedade. Quando tudo, no fim, é terra.

15

Patrick era um dos professores substitutos que Tássio acumulava na agenda caso os velhos da Física e História adoecessem ou alguma professora ficasse grávida. Talvez ele fosse o único ser humano nesta instituição a quem eu confiaria o segredo de minha condição.

O conheci, digo, prestei atenção na sua criatura, fora do colégio, numa noite em que sentamos lado a lado no metrô e Patrick puxou conversa comigo. Comentou algo sobre o uso de máscaras no coletivo não fazer sentido nenhum, já que *todos* ali as retirariam na saída, concordei com um aceno discreto. Patrick afirmou que eu era a Prof.ª Maria, de Filosofia, concordei com aceno de novo. Perguntei há quanto tempo trabalhava no colégio para não ser indiscreta e ele me respondeu que desde o primeiro ano da graduação fazia este trabalho freelancer, mas que agora estava no mestrado e que tinha certeza de que, brevemente, seria efetivado professor. Dentro de mim busquei a pessoa desse menino, mas não encontrei lembrança alguma, mesmo nas memórias inúmeras de corredores e escadarias que tenho na cabeça, os vultos tantos, minha mania de andar olhando o chão, a pasta, o teto, o rodapé, a luz da janela, não, não teria como eu saber que tal criaturinha comum trabalhava ali.

Nos conhecemos no amigo secreto de 2019, exclamou, *conversamos bastante, te contei a história da minha luta contra a doença da minha mãe.* As estações do trabalho para casa são três.

Estávamos na segunda. Vou descer na Mackenzie, eu disse e, claro, ele disse, *Eu também, vou buscar minha irmã no trabalho.*

O encontro aconteceu mais vezes, os assuntos multiplicaram, minhas respostas e discursos diretos aumentaram, um dia, que não era rodízio do meu carro, dei uma carona a ele. Ficamos um tanto amigas. Porque Patrick é uma bicha de alto e bom som. Uma pessoa boa de se conviver. Se bem que, após o primeiro encontro, passei a fazer viagens de metrô com fones de ouvido.

Sentávamos no balcão da cantina. A lata de refrigerante de limão que Patrick comprou terminaria em três goles e minha paciência em estar ali talvez apenas em um ou dois. Sentia um calor que ele não sentia, eu me abanava com as folhas sulfites, os cabelos presos, soprando meu colo e Patrick com a testa seca e opaca.

Conversávamos sobre a turma de Ana. A professora de Artes faltou, daria uma palestra em algum Sesc da cidade e sua turma ficara sob responsabilidade de Patrick. O pobre não era da área, fez Letras, e o que pôde fazer para não deixar os alunos ociosos dentro de uma sala de aula de um colégio com mensalidade de quatro mil reais foi inventar na noite passada uma atividade que envolvesse arte e palavra. Começou a contar como foi a aplicação quando puxou o lacre da latinha e nesse momento notei que eu estava com uma azia infernal.

Perdi Patrick. Ele falava, eu conseguia ouvir suas palavras, até perceber seus respiros, mas dentro de mim me via enojada, com um barrigão enorme, sentávamos em pedras, éramos primatas, em comunicação sobre a prole. Me senti transparente, com só a coisa, o ente do tamanho de uma azeitona com brotos, aparecendo em meu centro. Fui cruzar a perna e não consegui. Patrick percebeu e continuou falando. O aluno x e a aluna y fizeram tal. A dupla z fez algo genial. Eu havia comido um pão de queijo, ele parecia estar sólido, sem mordidas, dentro do meu estômago. O banquinho estava mais duro do que antes, eu o sentia mais do que antes, as minhas pernas pareciam maiores, os pés, cujas pontas semanas atrás alcançariam a superfície do chão, mal se articulavam, balançavam mortos com meu senso de equilíbrio comprometido. Acredito que eu e o ente estávamos fartos de ouvir Patrick, isso enquanto nosso sistema único entrava em um possível desligue.

O interrompi e avisei que ia ao banheiro. Levantei e vi uma dezena de estrelinhas brancas cintilantes, o sol branco cortando metade do pequeno jardim ali ao lado, o corredor vazio, frio e calado, a porta do banheiro feminino. Lá dentro não havia ninguém. Logo que sentei no vaso eu abri minha calça, afastei as pernas. Além da sensação de azia que comia meu estômago havia a cólica, uma cólica elétrica e estendida do pé da minha barriga aos meus rins e minha lombar. Eu tinha aula em quinze minutos. Pensei se Patrick viria atrás de mim, se bateria daqui a pouco na porta e perguntaria se está tudo bem comigo, a mim, tão acostumada a não ter pai. Contei em vão a quantidade de anos de distância entre a Maria de agora e a que ouviu essa pergunta, não consegui, eram muitos, talvez a última vez que dei ouvidos a preocupação de alguém nem graduada eu era. Patrick não apareceu além da imagem do tempo, sua contagem e sua sombra, um tempo que me persegue há dois meses com luas, prazos, semanas, uma corrida a um não-lugar. A gravidez é um passado escrito sem pauta. Não há fuga, mesmo que o ente houvesse ido pela descarga em uma gravidez química como inventei a Gabriel, já havia andado sobre a ponte, teria que me refazer. Antes não soubesse. Antes não soubéssemos que existimos.

Agora devia ser uns treze minutos o tempo que eu tinha para me refazer, fechar a calça e andar e falar e ensinar como se nada estivesse, como se fosse antes. Porém, não me movi, continuei em vórtice psíquica, tentando fazer meu organismo voltar ao normal um tanto, o tempo que demorasse a tomar um remédio ou uma água tônica, só que já não tinha domínio sobre meu organismo, mesmo que quisesse e, segundo a bíblia obstetrícia, o encontro da pele do útero com substâncias químicas é rigidamente perigoso, não, não tinha mais o controle. Eu tinha o controle da minha consciência e talvez isso fosse a inegável forma de resolver meu calvário. Agora seriam o quê. Dez minutos. Decidi sair. Decidi ignorar o desconforto do fechar da calça, da tontura leve de ficar em pé e do olhar ao espelho ao me ver desconhecida no reflexo.

Patrick continuava no mesmo lugar, mexia no telefone, *scrollava* sem critério, de cabeça baixa. O abordei. Estava muito apertada, nossa, eu disse. *Maria, mal notei, estava enviando à Ana algumas das artes dos alunos, tenho certeza de que ela vai adorar,* Ah, vai mesmo, capaz de enxergar sua atividade como uma intervenção no curso dela.

Maria, você tem aula agora, olhei meu telefone, Sim, em exatos sete minutos. E, súbito, Patrick ficou mais sério, seus suaves traços infantis e a alegria evanesceram. Apertou os lábios e disse que queria conversar comigo mais tarde, se eu estivesse disposta. Me irritei, se tinha algo a dizer que dissesse, pois sempre odiei joguinhos sociais.

Maria, você está...

Não, Patrick, não mesmo.

E o Gabriel, e as férias.

Não tenho nada com o Gabriel, mal falo com ele, e outra, você não acha que seria imprudente engravidar do Gabriel.

Não, mas pode acontecer, é possível e você tem só 31 anos, é nova, vai saber.

Do Gabriel, Patrick.

Você gostava dos flertes, Maria, você mesma me disse.

Tesão, era só tesão, mas, olha, tenho que realmente subir, ainda vou passar na sala dos professores para pegar um café.

Maria, e Patrick fez algo que me causou asco, ele pôs a mão sobre minha barriga e me pediu a promessa de que eu faria um exame, não dei alguns passos para trás por já estar paralisada pelo assunto.

Prometo, Patrick, prometo.

E eu disse com deboche, porém senti que havia dito para meu próprio pai.

Quando tudo, no fim, é terra. Temos filhos sabendo da terra, sabendo da sede da Terra em tê-los de volta. É um peso concreto demais. Se me debruçar sobre o ente com um olhar fenomenológico. Entenderei. Se me enxergar grávida da liberdade absoluta de Sartre, entenderei melhor. Não sei se sei que saberei. O ente, tecnicamente, não existe, é uma digestão mal administrada que matura em progressão até que saia. Porque há esse caminho inescapável. O da saída. Não há incorporação, graças a deus. Há eu. Em medida dinâmica, mas há. Fenomenologia, lógica, um argumento de autoridade. Ser professora de filosofia não me ajuda em nada quando meu estado exige uma reflexão aos modos remotos da infância. Pois filosofia. Como achar um recurso que me leve de comboio ao fim dessa história. Porque a gravidez é uma narrativa, também.

    Quisera fosse uma história que desejo viver. Este filme, infelizmente, não. O vejo todos os dias, no horário de almoço, nos semáforos, nas reuniões de pais. Prefiro não. Mesmo que desejasse. E se desejasse. Não, para alcançar esse morro teria que passar por uma longa planície primeiro, há árvores demais na floresta da maternidade, todas frágeis, falsas e artificiais. Talvez não devesse pensar com a cabeça moderna, talvez não devesse nem refletir sobre minha gravidez de modo racionalista, devo vê-la como Agostinho, como Tertuliano, Paulo de Tarso ou mais além, retomar o autocontrole clássico. Devo ser pré-socrática, devo olhar primeiro à Natureza.

Não desejo porque as fêmeas primatas não puderam ser baleias. Elas têm seus filhotes no Ártico, os alimentam, os educam, os levam para o Caribe e depois retornam ao Ártico para nunca mais vê-los. No caso do contemporâneo isso pode durar quarenta anos.

Porque é isso mesmo, uma mulher grávida que pode dissecar a gravidez como eu, pois tenho tempo para tal, deve pensar muito além da própria gestação, ir além da natureza à procura de seu cerne e seu motivo de haver e ter em mãos o devir também, algo mais importante, impactante e decisivo.

O que tenho que elaborar essa noite não é o restante do processo orgânico, tenho que me ater ao processo social. Meu compromisso com a nova vida entrará em contagem regressiva logo que o ente sair e respirar, o cuidado e a distância aumentarão a cada segundo, a cada passo, e mesmo após o adeus, aquela vida e tudo o que ela viver e tudo o que ela perpetrar dirá a mim, terá a mim, será convexistente a mim. Aristóteles que me perdoe uma segunda vez. Seus princípios lógicos podem ser derrubados com facilidade por uma mulher grávida e ciente de sua potência. A melhor intérprete que a natureza poderia ter é uma mulher.

16

A sala dos professores tinha uma temperatura diferente, mesmo que o ar-condicionado fosse mais moderno que de algumas salas de aula. Naquela sexta, desde manhã, sentia que vinha andando dentro das chamas do inferno e o ar abafado da sala assim que entrei e fechei a porta, tendeu a me sufocar.

Bebi água querendo beber café. Eram três máquinas, cada uma tinha sua seleta de opções. Sempre gostei de tomar um machiatto a essa hora, mas vi o leite ali e me senti enjoada. Precisava de um café bem preto como no tempo do abrigo das portuguesas.

Logo que alcancei as xícaras e cingi a alça de uma com o dedo distingui que alguém entraria na sala, senti cheiro de vidro limpo, ouvi a maçaneta funcionar e Renata surgiu, de jaleco, pasta, olhos verdes e manchas de caneta na mão. Sorriu muito, o lábio alaranjado, brinquinhos de ouro, cabelos soltos, pontas levemente mastigadas, cílios claros, olhos claros, sorriso multicolor.

Boa tarde, minha querida, ai, exclamou, *tomar um pouco de fôlego, esses do terceiro estão demais esse ano, menina, agora com essa de TikTok, uma aluna, acredita, Maria, pediu para que gravássemos um vídeo, não, olha pra minha cara.*

Sim, eu ri com sinceridade pelo ridículo teor, como se Renata tivesse sacado aquela anedota recente para se sentir confortável, sabendo que a minha pessoa no corpo de professores era a mais careta de todas. Era uma liberdade não necessitar ser moderna comigo. Sentei ao seu lado na mesa com meu café entre as mãos.

Está de cabelo preso. Tão difícil te ver de cabelo preso.

Disse que tinha vindo do pátio e quase me levantei e fugi. O que tinha o cabelo preso, Renata, o que tem eu estar com calor, não pode a professora de Filosofia calada prender o cabelo, o que pensa, que *grávidas* tem mais calor pelo corpo transformado em uma fábrica febril. Imaginei mais, que num repente eu a odiaria. Mas bebi o café. Um, dois goles.

Renata disse que estávamos em um dia quente. Confirmei e me levantei. Tenho aula. *3ºD*, 2ºB, respondi e ela me aconselhou a ficar longe dos Tiktoks *ou no 2ºB eles fazem menos palhaçada.*

Não, eu disse, na minha sala dificilmente tem essas baboseiras.

E saí.

Voltei algumas horas depois, no intervalo das 15h, quando tenho uma hora livre antes de lecionar para as turmas da tarde. Encontrei com Renata mais uma vez, vislumbrei o cabelo loiro e o penteado de franja quando abri a porta e, quando entrei, vi Gabriel no canto pingando adoçante no café.

As palavras do silêncio são algo muito claro para alguém que estuda filosofia. Fui um terceiro corpo ali. Era alguém indesejado.

Me servi de café. Primeiro escolhi a máquina, gastei um tempo nisso, quis saber a verdadeira vida amorosa de Gabriel. Solteiro mesmo, será. Não tenho redes sociais, não saberia se real sem uma pesquisa. Foi melhor ficar no café preto, um expresso, que é pouco. Coloquei a cápsula. Se solteiro mesmo, então vem tendo algo com a Renata. Estaria Renata ainda traindo o marido. Sim, talvez sim, se tivesse se divorciado, ela não aguentaria, teria contado para mim. Expresso é eufemismo, esse jorro quente não para nunca de berrar. O que eles conversam mesmo. E por que falam tão baixo. E por que estou sentindo algo invisível, algo que liga Renata e eu, fêmeas, àquele macho. Por que um expresso demora tanto. Por que eles conversam e não me incluem. E por que isso me interessa.

A melhor intérprete que a natureza poderia ter é uma mulher. Porque, senhor Aristóteles, lidamos com uma imposição aqui. Me ocorreu de engravidar mas não posso simplesmente ser uma cabra que aborta no meio do caminho para sobreviver no restante de itinerário à frente. Vivo em um mundo onde vossa filosofia está trancafiada, feita em salas com ar-condicionado e não em ágoras em meio à brisa marinha. Mas, garanto, a confusão continua a mesma, os dedos apontados simplesmente os mesmíssimos. A gritaria é perene e o medo que os pontos-cegos do autocontrole impelem a quem reflete sobre ele também.

Por outro lado, senhor Aristóteles, o autocontrole na mulher é assustador. Não, não aceitam e não o creditam como o autocontrole filosófico concretizado por vós, helenistas. Como pôde conceber vosso princípio de lógica sem poder conceber de fato. Posso dar o braço a torcer e atar gênero algum ao pensamento, o que de fato é verdade, mas custava ter pensado na mulher com olhos corajosos. O princípio de identidade é irrefutável. Eu sou eu, só poderia ser eu, em qualquer outra história passada, mesmo com outras consequências e meandros, eu seria eu. O seu princípio da não-contradição é o primeiro a cair, senhor. É claro que A pode ser A e não ser A ao mesmo tempo, é só olhar para mim. E se eu aplicar o terceiro princípio ao ente, o que vai ser expelido é um ser humano e não poderá não ser um ser humano. Portanto, senhor, é legítima minha decisão final. Tanto se for bancar ou não.

Mas eu não quero e sou imbecil de procurar na minha profissão uma base teórica para abortar. Porque é isso o que quis fazer desde o princípio. Só não sei ser como meu pai.

17

Sábado. Mandei mensagem para Patrick, sugeri bebermos em um barzinho. Ele aceitou por não haver como recusar. Eu não faço isso. Não alimento amizade alguma há anos. Bebo sozinha quando quero, no apartamento, na varanda, na rua. Se quero cantar, o faço sozinha, ou dançar, ou me masturbar. Me culpar e me perdoar também é uma atividade que desempenho muito bem sozinha.

Mas parece que eu morri. Há muito não acordava e sentia o mundo assim em cima de mim. Há muito não sentia o mundo, eu como algo do mundo. O mundo não necessita em absoluto de mim, porém minha existência faz parte do que ele é e contribui para esse ser. Ninguém se suicida sozinho quando ainda a existência do solo e da água terá de receber o que sobrou. Acordei e não suspirei. Acordei e fiz cálculos. Toda grávida, de um dia para o outro, vira matemática. O cálculo era importantíssimo. Hoje, talvez amanhã, depois de amanhã, o cérebro verá que todos os vitais órgãos do embrião estão formados para amadurecer. As lenhas estarão postas para o incêndio. Minha decisão será mais difícil.

Esse fato, do outro amanhã já poder ser chamado de feto, tem o peso de um navio que invade a praia. A palavra é dura e inescapável, pois há um quase independente dentro de mim sem que eu pedisse. Estou coberta até o queixo com o edredom pois quero ignorar o que está sob, e o que está sob do que está sob. E a palavra feto faz tudo piorar. Penso em um outro ser humano, uma criança que vem de mim, que alcança esse mundo a meu propósito, sendo eu o veículo, e a imagem me dá nojo. De repente, sinto ciúme da vida. Me vejo indisposta a deixar meu espaço ocupado por um alguém que não existia. Que não deveria existir. Não sou capaz de bancar isso. Se sou como meu pai. Não, não banco, como meu pai não bancou. A história seria a mesmíssima. Qualquer desejo incalculado que atravessasse meu caminho, que eu decidisse amanhã largar a sala de aula e escrever livros teóricos, viajar, estudar em outro lugar, em nada me impediria meu filho ou filha e eu seria em parte responsável por mais um ser humano quebrado no mundo.

O que farei.

O que farei é tirar esse negócio de mim. Encontrarei com o Patrick, direi a verdade, contarei que estou grávida e ele me ajudará a tirar isso de mim, a qualquer valor, e sem contar a ninguém.

Nunca foi segredo que Patrick havia sido criado nas mesmas normas que eu. O que eu não imaginava é que seria mesmo de opiniões nem tão disruptivas quanto as minhas. Foi um encontro desnecessário. Sentamos quase escondidos em uma mesinha e bebemos cervejas enquanto trocávamos histórias de vida. Começamos falando dos alunos, os moleques, o quão é pior o fato deles serem endinheirados, sobre um caso de claro preconceito sofrido por ele. Fiquei alta, a vontade de abrir o jogo coçou a língua, mas não falei. Contei mesmo quando Patrick, incisivo, questionou a razão do encontro e riu, desfazendo a cara séria, para dizer, *Eu já até sei, Maria.*

Como você se sente sobre isso.
   Mal, não dá para dizer que me sinto bem. E nem digo dos sintomas, eles seriam suficientes para chamar isso de padecimento. O que é difícil é que *realmente* nunca desejei isso na minha vida, então venho elaborando de pouquinho, como se fugisse, então foco no trabalho, presto atenção ao meu redor e volto para dentro de mim mesma e enfrento mais um pouquinho, mas ainda não encarei isso de verdade.
   Mas por que a resistência, Maria. Digo, por que você não quer ter filhos. Não estou dizendo que toda mulher tem que ser mãe, longe disso. Mas por que você não quer ter filhos, você tem para si essa resposta.
   Simplíssimo de responder, Patrick. É algo um tanto pessoal, um tanto público e um tanto lúdico. É pessoal porque não sou burra, na hora em que eu olhar essa coisa e, por acaso, eu construa um elo com ela, me apaixone, vou imprimir a mim mesma nessa criança, mesmo que tivesse completo controle. Há um jogo narcísico inescapável, Patrick. A gente sabe disso, a gente só não fala sobre isso. A razão pública é porque acredito que outro fato inescapável é que colocarei outro animal para competir nessa São Paulo, não só dor ele vai sentir, quanto vai causar também. E a lúdica é que eu, filha única, nasci de uma mulher que foi filha única que nasceu de outra mulher que foi filha única, e a minha bisavó também foi filha única. Eu sou um ponto final.
   Patrick ficou calado. Imagino que ele nunca tenha chegado a uma boa conclusão em relação a nossa amizade. Se, como pensava, ele esperava de mim uma amizade contemporânea e nos moldes de nossos tempos, a frustração seria imensa. Não tenho redes sociais, utilizo o WhatsApp apenas para acom-

panhar os grupos das turmas pois fora algo que não consegui escapar e não lembro de alguma vez ter interagido com meus alunos e suas figurinhas e mensagens engraçadas; não sou confidente e não me interesso por minúcias da vida de ninguém; não alimento e não prezo por nenhuma convivência, bastando os encontros esporádicos no colégio ou na linha amarela do metrô; nunca me abri por completo ou deixei escapar alguma ponta de novelo que pudesse me desenrolar límpida para os curiosos. Sim, ele ficou surpreso, abriu a boca e tudo, ensaiou falar, bebeu mais dois goles da cerveja, pegou meu copo sem me perguntar e o encheu.

Nunca imaginei isso.

Claro que não, decerto eu fosse um tipo de inspiração a ele, sempre contida, sempre calada, sempre calma. Um mistério. Sim, devo ter sido um grande mistério a Patrick nos últimos anos e minha revelação abriu o chão de seu mundo. A professora de Filosofia tinha problemas familiares, tinha traumas, tinha questões.

Deveria ter agido como achei que agiria, deveria ter me irritado e dito que ia embora e que ele não contasse a ninguém, mas não, continuei, não apenas contei mais da minha família materna, como contei que minha mãe morrera quando eu nasci, contei que fui criada em um abrigo, que minha avó era coordenadora. Contei que fui uma adolescente impossível, que comecei a fumar aos quinze anos, que coloquei piercings, que tive inúmeros namorados, mas que um deles, o último, desgraçou minha cabeça. Perpassei meu relacionamento juvenil, o domínio dele sobre mim, meu ciúme doentio, nossas brigas, as porradas e a separação que meu pai forçou. Então, expliquei que jamais fui a mesma depois que meu pai me deserdou, depois que ele abdicou de mim. Tinha vinte e um anos, completamente desordenada, longe dos estudos. Contei detalhes do dia que meu pai gritou e me confessou dar a mínima para minha existência. Isso enquanto eu tinha uma crise de ansiedade assustadora na frente dele. Contei que na semana seguinte arrumei um emprego qualquer, virei balconista em uma papelaria de imigrantes japoneses, morei de favor até alugar minha casa e que assim, sem namorado e sozinha comigo mesma, conheci o rosto do número um e isso me solidificou, me deu poder para voltar aos estudos, entrar em uma faculdade pública e seguir meu caminho.

Falei muito e bebi muito também. Não sei como permiti que fizesse isso comigo mesma. Minha voz nem era tão alta assim, mas parecia que o bar todo tinha escutado minha vida, que o bar todo sabia que eu estava grávida, que por debaixo da blusinha havia um talvez feto. Mas por que senti um certo alívio em algum lugar. Por que também senti confiança em Patrick. Mesmo que me calasse completamente depois da confissão. E mesmo que ele me respondesse com uma frase inesperada e brigássemos após isso.

Eu tinha terminado de contar a última década da minha vida quando Patrick começou a divagar, os olhos caídos na mesa. Peguei minha bolsa e a revirei em busca do maço de cigarros. Consegui entender que soltava um suspiro.

Isso te fez ser uma mulher fria, Maria. E não significa que você não possa fazer diferente com seu filho agora.

Como ele ousou. Como ele teve coragem de resumir meu arbítrio a meus traumas. Eram veredas opostas. Quis dizer e disse, e quando comecei a dizer não parei mais, começamos a discutir formalmente, sem elevar a voz mas com ideias completamente distantes. Chamei o uber enquanto respondia que a ciência da verdade da vida bastava para eu impedir desse outro de existir. O motorista aceitou quando Patrick disse que

Essa é sua visão, Maria. Ainda é sua visão. Não nego que a vida é uma merda, mas só quem existe sabe disso.

Saí sem me despedir e revirando os olhos como uma adolescente. Entrei no carro e esperei chegar ao condomínio preocupada com a ética de Patrick, se seria fiel à minha ou não, se chegaria no colégio nos dias seguintes e seria recepcionada com o conhecimento alheio de meu estado.

Não chorei. E não sofri sozinha, direcionei o ódio ao que estava ali dentro de mim. Tinha que resolvê-lo.

18

Ele apareceu como no sonho. A diferença era que era domingo, estava de dia, as janelas bem abertas, pude o ver por inteiro. Sem bolsa de colostomia. Tinha um leve sorriso, não usava camiseta esportiva, estava de camisa, o trespasse aberto até o meio do tórax, bermuda de sarja, sapatênis, os óculos escuros levantados até o topo da cabeça. Um sorriso maior. Palavras.

E aí, como é que você tá.

Estado. Eu não estava muito bem. Dentro de mim estava completamente sem paciência, áspera e raivosa, de passos para trás, imaginando qualquer outra frase dita por sua boca ou pela boca de qualquer outro ser humano ou um miado da Clarice que fosse: que insuportável. Por fora estava impávida, mal parecia ter reagido à sua chegada, parada no meio da sala, o cigarro apagado entre os dedos e sinto que sorria, mas não sei por que sorria.

Bem, bem. Venho indo bem. Cansada um pouco porque no segundo semestre a coisa pega fogo, é o caminho para o fim do curso dos terceiros anos, uma doideira.

Queria te pedir desculpas por ter perguntado do colar na escola, eu me toquei naquela hora que você não queria que ninguém soubesse da gente.

Que cara de pau.

Não, eu disse, é mais que querer, não é necessário ninguém saber de nada.

Mas a Renata sabe, as meninas, o Carlos.

Olhei abismada e não disfarcei. Agora sim, acendi o cigarro, dei um trago nervoso, fui até o sofá e me sentei. Me senti nua.

Gabriel notou meu desconforto.

Maria, o que está acontecendo. Na última noite da praia, quando a gente voltou para a casa, estávamos tão bêbados que chegamos agarrados e dando beijo na frente de todo mundo. E todo mundo, também muito bêbado, viu e não ligou. Com exceção de Renata... Bem, é sobre ela que eu queria falar contigo.

Quis me jogar da janela. E foi a primeira vez em anos que me senti *naquela tarde*.

Primeiro começou com a respiração mais forte, mais sonora e intermitente. Então vem negação: me recuso a aceitar que estou em tal emaranhado. Meu próprio cérebro monta um palanque, ele mesmo a plateia, liga o microfone e elenca todo o manancial de incontingências no qual estou até o pescoço. Daí vem o formigamento, pois não posso escapar de mim mesma. Pudesse fosse algum espírito da floresta e entraria em Clarice e fugiria para o buraco mais óbvio que encontrasse pelo apartamento. O formigamento nos pés, mãos, nuca e rosto e dá desespero e o desespero irriga minha musculatura. Sou um antílope diante da pantera. Fugir me dá preguiça portanto empato.

Ele veio. Sim, ele veio até mim e

Tudo bem, o que foi, Maria. Por que você ficou assim.

Assim como *naquela tarde*, olhei como olhei para meu pai, tentando fazer telepatia, porque é essa a forma de comunicação de uma pessoa que está paralisada de ansiedade. Joguei as palavras para ele através dos olhos, já brilhantes de choro. A morfologia não existe quando chego a tal ponto de nervosismo, minha boca se contrai, as mãos não podem apontar pois os dedos, a essa hora, já se juntaram como uma italiana dizendo che vuoi. Gabriel não compreendeu mas, para minha surpresa, respeitou.

Ele permaneceu sentado do meu lado esquerdo e Clarice, curiosa e preocupada, do direito, e os dois esperaram, até que os músculos relaxassem, o choro parasse, as mãos distensionassem. Esperaram o tempo que demorei para convencer minha cabeça da minha capacidade de resolver a realidade que se apresentara.

Quando de volta a mim, pedi desculpas. Fui à cozinha e fiz café de filtro para que tivesse mais tempo para me recuperar. Coloquei o pó colher a colher para construir argumentos e observei a fervura da água para voltar mais ainda a mim mesma. Quando servi a xícara pude dizer que estava bem assustada por boa parte do corpo de professores saber do que aconteceu, ou melhor, imaginarem, porque no fim podíamos apenas ter ido até a areia para conversar, como fazíamos horas antes naquele dia. A questão é que não confio muito na ética dos outros porque não os conheço por completo, mas Gabriel, nesse momento, me garantiu que *todo mundo já tinha esquecido a essa hora* e perguntei o que ele queria dizer sobre Renata.

Quase enjoei com o café, ele queria conselhos.

Só pode ser tesão da meia-idade, sei lá. A mulher gamou, Maria, 'cê é louco. Separou do marido, está morando na casa de uma tia, lá na Angélica, com a filha e tudo. Quer que eu vá para lá, como se a vida fosse um conto de fadas. Eu não quero porque temos vidas muito diferentes, eu e a Renata, ela pensa muito em eternidade, eu prefiro circuitos e eu não quero terminar meu casamento.

Ele me fez rir e eu perdi minha roupa de gorila. Mudei minha posição no sofá, fiquei mais ereta, cruzei as pernas, peguei o cigarro e pude sentir que ele intuiu a sombra do meu decote, eu sei disso.

E o que você quer que eu diga, eu disse, quer que eu faça fofoca com você. O que posso dizer é que: acontece. Puta coisa normal. Tem coisa mais normal e humana. Você é vinte anos mais novo que ela, é a imagem da oportunidade, do refresco. Agora, não venha você fugir também porque, mal sabe, mas também a usa, meu querido. Ou pensa que manter isso há dois meses, pois eu vi vocês na sala dos professores, é o quê. Você sabe da devoção e a usa como um deus usa o fiel; sabe dos furos dela e preenche ou mantém vazio a seu querer. Posso ser quieta mas trabalho com o pensamento de homens.

E Gabriel não se armou.

Sim, você está certa, não consigo romper porque gosto de alguma maneira. Mas, como falei, são vidas diferentes, perspectivas diferentes, não sei se, na idade que eu 'tô, consigo acreditar mais nesses relacionamentos de amantes duradouros, eternos, que não acabam nunca e mesmo com as engrenagens principais quebradas continuam funcionando à força. Não dá encaixe. Foi diferente do que foi com você.

Não me escondi.

E o que você quer dizer com isso, Gabriel.

Ah, Maria, aconteceu aquilo. *Sei lá, e se tem alguma predisposição, e se tem alguma coisa nisso, de que com uma mulher aconteça e com outra não.*

A predisposição, Gabriel, é porque você é homem e eu sou mulher, não tem nada de mágico nem é destino.

Mas aconteceu.

Sim, aconteceu. O verbo está correto, foi. Ou melhor, não aconteceu. Mas, espera, as meninas não acharam que eu estava grávida quando eu desmaiei, disso elas nem desconfiam, certo.

Mas Gabriel ficou calado.

Meu, que porra, não se dá para ter vida privada nesse país. Que merda!

Peguei a xícara da mão dele.

Vou pegar o colar.

Gabriel pegou a xícara de volta e eu vi seu rosto inteiro. Ele agarrou minha mão. Me levantei e retirei o vestido. Fiquei nua.

Só não sei ser como meu pai. Que passa nesse momento um envelhecimento solitário como o meu. E o que adiantou eu estar aqui. É melhor achar sentido na filosofia. O pensamento diz muito, acalenta. É claro que também desespera, mas o desespero acalenta pois é mútuo, todo mundo é humano.

Achar uma razão dentro de mim para me livrar da criança é um caminho de dor e não quero senti-la desde a concepção. Imagino que se, nos próximos dias, correr a uma clínica luxuosamente clandestina eu queira um procedimento o mais indolor possível.

Talvez queira fazer isso porque sentirei prazer também. Além do autocontrole castrado no feminino. Falo de mim enquanto sujeito. Ter essa decisão em mãos me faz feliz. Me livrar do ente e deixá-lo na esteira do passado junto a tantos outros seria nada mais do que venho fazendo há anos, largando as imagens para que se transformassem em memórias implícitas. Me dará sensação de poder. Me fará humana. Sem completo arrependimento e pensar que não me arrependeria mesmo me deixa alegre. Abortar é tomar a cicuta, levantar a rocha sobre o morro infinito com um sorriso nos lábios, se suicidar com alívio. É o arbítrio que qualquer humano alcança a qualquer momento: o de encerrar a vida e o de reproduzir a vida. A qualquer instante. Dois trunfos bônus da existência. Dois direitos básicos. Duas pulsões básicas. Duas pontas de uma mesma coisa. É o cume que o moderno gostaria de alcançar e alcançou em alguns países europeus. Sim, cometer tal ato no Brasil, onde loucos embebidos de bíblia e egoísmo se aglomeram na frente de um hospital para impedir o aborto de uma menina de dez anos, é um ato revolucionário e humano, humano ao máximo, cerebral ao máximo.

Sim, terei prazer em acumular esse episódio a meu pensamento. Mas eu nem escrevo. Não publiquei minha dissertação de mestrado, não ligo para legado, prefiro morrer e ser esquecida, ou melhor, tanto faz tudo isso. Meu pai me esqueceu e isso basta. Ele não lembra de mim, não escreve para mim, não telefona, então que seja assim com o restante do mundo. Então, meu pai foi humano.

E me revolto. Porque é a mesma coisa. Estou sendo ele. O que pensei agora é ser ele. Porque meu pai fez a mesma coisa, ele me abandonou no abrigo para seguir a vida, ele escolheu seguir sozinho sem a presença e o peso daquela existência que ele ajudou a perpetrar. Para seguir seu caminho profissional, pessoal e talvez realizar alguns sonhos como ele de fato tentou. Mas se eu não fujo de não ser meu pai, se nós não fugimos de sermos o que antes veio, então a criança será a mim e me agrada a ideia porque me agrado com o que sei de mim mesma. E meu pai deve ter tido o mesmo pensamento. Então me ver mãe sendo filha dele é um caminho. E se eu me vir velha.

Em trinta anos, talvez com a educação que eu acho que daria, o sujeito já estaria bem longe vivendo seu espaço. Compensará. Talvez não, talvez não. Não imputar a existência para dar importância ao que é possível ocorrer a partir dessa existência é como não se suicidar por imaginar o que poderia ocorrer no futuro. Pode até ser agradável esse cenário, eu, idosa e sozinha e meu filho ou filha cuidando de sua vida e sua cria que, graças a deus, não será meu filho, é muito agradável, mas, o antes, o antes é que conta, os cinco primeiros anos é que contam. Os meus foram uma merda. Os do meu filho ou filha seriam uma merda porque o mundo é impossível de se esconder, o *primeiro empurrão que ele ou ela levasse na creche bastaria. Não seria uma mãe que esconde a dor, talvez em momento algum da vida daquele que seria meu legado. Também não faria marketing do amor, não diria para ele não mentir uma vez que não posso garantir que não irão mentir para ele, não diria que a vida é fácil, que o caminho é óbvio e para ele ser o que quiser por simplesmente não ser de todo possível. E haveria a escola, e haveria o fato de ele ou ela ser filho ou filha de uma professora, e haveria os outros, seu ciclo, seus professores e eu talvez sentisse ciúme de algum e talvez, no ensino médio, eu verificasse cada aula de filosofia dada, conferiria o pensamento dado, em última instância, tentaria transformar aquele ou aquela em mim mesma.*

E talvez não valesse. Mesmo preparado, mesmo que criado ou criada para ser uma versão idealizada de mim mesma, há e sempre haverá algo que não temos o controle e esse algo sempre nos controlará. Haverá uma individualidade só desse outro e não poderei fazer nada. Ele ou ela, em algum momento, me odiará, terá que dizer que me odeia, terá que querer se separar da minha visão, das minhas regras, da minha sala de aula, e isso irá doer porque eu me conheço, porque odeio levar bronca, odeio ser condenada, odeio que meus erros, acertos, atitudes certas e incertas, que seja tudo iluminado e meu cadafalso ataviado para que todos vejam.

Ter filho é se denunciar. Ter filho é ficar nua.

19

A calçada do condomínio é bem larga, quatro pedestres podem caminhar lado a lado sem problemas. Olho para a direção da guia enquanto caminho bem devagar, uma lixeira de rua, um banco onde os garçons do restaurante italiano fumam no oposto da rua, uma placa de zona azul, um carro estacionado, uma mulher que para ao telefone querendo atravessar. Olhando o lado à minha direita, uma parede tomada de trepadeiras do condomínio, então outro muro de outro condomínio, uma entrada de garagem e mais um condomínio. E haverá outro até que eu chegue à esquina e o posto de gasolina e a conveniência.

Cigarro, um Gatorade, castanhas-do-pará, o folhado, o dinheiro do aborto. Do cigarro talvez dois maços, ando fumando mais, antes era um maço a cada, sei lá, quatro dias. Gatorade de quê, de limão, tem que ser, para resolver a moleza. Pensei no folhado mais uma vez quando fui até a gôndola verde no meio do salão da conveniência e peguei um pacote grande de castanhas. De palmito, deve ter folhado de palmito. Vou pedir para esquentar e já comer no caminho. Porém, nesse instante ouço meu enjoo e me irrito. É tortuoso ter apetite e enjoo simultaneamente.

Vou comprar.
Dois.
E esquentar em casa.

Estou parada em frente à gôndola, o pacote de castanhas pendurado.

O Gatorade.

Olho a geladeira e vejo as mil opções, diviso o isotônico de limão e, ao lado da geladeira, o caixa eletrônico. Faltam quinhentos. Foram seis dias seguidos de saques de mil. Não é um procedimento estético ou uma cirurgia no particular, algo que possa pagar com pix e cartão. É como o tráfico, somente cédula sobre cédula. No sexto saque, ontem, fiquei com tanto medo dos outros, sobretudo essa mulher do balcão. Ela não vira que eu sacava muito dinheiro mas vira que vim seis dias seguidos. E se avisasse alguém. E se eu fosse pega como era moda anos atrás em saidinhas de banco. Talvez resolver isso de vez seja melhor.

Fui à geladeira, peguei o Gatorade e o abracei com o antebraço como se ele fosse um bebê, andei ao caixa eletrônico. Minha mão direita tremia. Por que tanto medo nos últimos dias. Aliás, por que tantas coisas nos últimos dias. Uma sensação além do sensorial. Além de cheiros inimagináveis que passei a sentir dentro de casa, além do tato potente e de uma intuição estranha que passou a me perseguir. Eu estava sensível em outra camada.

Quanto mesmo. Sim, seiscentos. Ou quinhentos.

Minha cabeça parecia embaralhar e isso estava acontecendo há dias. O enjoo. Leve, quase uma película de enjoo, uma leve tontura, *ali*. Então, seiscentos. Digitava na tela pensando no enjoo. Espera. Espera e enjoo. Por que tirei seiscentos mesmo. Guardei no bolso interno da blusa e olhei o saldo. Zerei essa conta. Teria que arrancar dinheiro da poupança. É, quase esqueço que tinha confiado a mim mesma que usaria o restante do meu salário para abortar. Mas restavam quinhentos reais. Bem, uso esses cem a mais para pagar as coisas. Senti o frio úmido do Gatorade, as castanhas já pesavam na mão. O dinheiro, senti, estava dentro da blusa, seguro.

O folhado.

Tem de palmito.

Sim, claro que tem, olha onde eu moro. Nove reais. Pedi dois. Então cigarro.

Sessenta e oito e sessenta.

Estendo a nota e ela faz uma cara de brava.

Pois não.

A senhora não tem troco, poxa, diz, em um tom muito debochado.

Imagino que a encarei com uma expressão o dobro raivosa. Ela olhou a cédula contra a luz com bico de despeito. Abriu a gaveta do caixa e olhou os compartimentos com tédio. Uma mão à cintura. Um estalo com a língua. Um suspiro. Parecia uma mãe que não sabia o que fazer com o filho que acabara de aprontar alguma. Me senti muito ofendida. Seu rosto me irritou, seu piercing no meio do lábio me irritou, o cabelo oleoso e dividido ao meio me irritou, a camisa do posto de gasolina cujo colarinho estava amassado com as pontas sujas para cima me irritou. Ela merecia que eu fizesse isso. Que eu largasse as coisas no balcão e desse a volta e agarrasse aquele cabelo oleoso e enfiasse sua fuça dentro da cafeteira até furar seus olhos com o botão.

Ela escapou. Quando suspirei ela sumiu por uma porta. Voltou com o troco e um sorriso de entojo. Lá fora o sol despontara, iluminando a larga calçada e me obrigando a apertar os olhos. Andei olhando o chão. Antes que chegasse a meu condomínio reparei um besouro que agonizava de desejo no cimento, estava de casco para o chão e patinhas para o céu, patinhas desesperadas em andar no invisível.

Não o desvirei. Segui para a portaria.

Desde que não consegui mais escapar de mim mesma ao ter percebido que criara uma protuberância visível no pé da minha barriga uso o espelho antes de dormir para me convencer de que não suporto nem mais um minuto este estado que me domina.

Uso para além de outras motivações. Essa semana encontrei mais umas dez.

Fico apenas de calcinha e vou até o espelho do guarda-roupa. Acendo o segundo lustre e a luz me deixa clara a mudança. Olho meu corpo de perfil. Vejo Gabriel em cima de mim, não no areal, naquela cama ali atrás mesmo, e sinto e o sinto e sinto que gosto. O repentino grude. Mensagens sequenciais. Segunda, *bom dia, na quadra coberta, espero que você venha me ver, preciso de uma dica*. Terça, quarta, quinta. Hoje de manhã já estava em *bom dia, não paro de pensar na nossa noite ontem*. Fico de frente novamente e junto meus seios com as mãos, observo as aréolas mais escurecidas, sinto um desconforto, uma intuição de dor, então vejo um brilho líquido no bico dos mamilos.

Estávamos na minha sala, as cortinas cerradas, a Clarice sumida. Eu sentava e subia, sentava e subia e houve o momento que Gabriel pegou uma das mamas e mamou o que saía dali.

Está tão perigoso o que ocorre dentro dessa protuberância.

Tiro a calcinha e olho a silhueta o mais natural possível. Não jantei ainda e já caguei de tarde. Essa barriga é do que é.

Os dedos tanto do pé quanto da mão já podem estar separados. A placenta foi inaugurada, poderá funcionar e executar sua função. Domus. Asthesis. Aulas de Estética foram minhas preferidas na graduação. Hoje, sinto nojo. Naquele tempo, Instagram era coisa para iPhone. Como mulheres têm coragem de fotografar o crescimento gradual da barriga. É registrar *frame* por *frame* uma violência. E penso se não fui violenta comigo mesma permitindo que o mesmo esperma que me fecundou fosse jorrado sobre o ente. Era antiética sobre antiética.

Ri e então fiz cara de brava. Olhei meus olhos. Aproximei o rosto e esqueci da barriga. Espremi uma espinha bem pequena no canto de uma narina. E por que exatamente lembrar de ontem mais me excita do que me sentencia. Refiz a sensação de seu pênis me deflorando devagar. Fechei os olhos e disse

Não.

Tenho tudo na mão, tenho o contato, o endereço, o nome da mulher, burra. Dei uma bronca em mim mesma. Não para o espelho, olhei o chão. Ouvindo-me por dentro. Por distante que seja de sua pessoa, quem me arrumou o telefone da tal Clínica da Beth foi Patrick. Conversamos pessoalmente, longe dos espiões digitais, como se fosse me vender uma droga.

Não.

Coloquei a calcinha, o robe, peguei o maço de cigarros e o isqueiro na cabeceira e fui até a janela da lavanderia. Olhei o poço criado pelo encontro dos prédios, as copas das árvores escureciam o chão. Me lembrou um abismo. Me lembrou minha barriga.

20

Seu nome era Henrique, dezessete anos, dos mais altos do 2ºB. Eu havia acabado de introduzi-los no conceito de arte através das diversas correntes filosóficas quando ele me interpelou e compartilhou que achava que o detrimento da arte subjetiva, produto do sensível, incentivado na idade média em favor da estética e da arte de produção manual o lembrou da morte do livro e do crescimento do audiovisual.

Entrei na dele com muito prazer. Henrique era um dos poucos alunos do Wolfgang que me gerava certa afeição. Achei brilhante e respondi o desafiando a pensar mais.

Me vi em uma cena de seis mil anos.

Expliquei que o principal fator para a Igreja ter patrocinado os quadros e esculturas era o alto nível de não-alfabetização.

Parece hoje em dia, mas os analfabetos são os analfabetos intelectuais.

Como assim, perguntei.

Ah, professora, são pessoas que tem cérebro e não usam ele, às vezes até pensam sobre as coisas mas a preguiça é maior.

E corroborei e atei um pensamento sobre a estética da leitura ser bem capaz de causar a mesma sensação que o audiovisual, no entanto, a subjetividade que a arte sensível, como a música e a literatura, são capazes de mimetizar, escapa no cinema, por exemplo. Disse que um filme jamais conseguirá alcançar o cerne de um personagem como uma ficção em texto é capaz de exibir e puxei-os à aula novamente, usando esse meu pensamento de gancho para tecer outros comentários sobre a arte sensível e arte manual, então os levei ao livro e lemos uma citação de Tomás de Aquino sobre o ente.

Continuei minha aula.

Passou uns vinte minutos ou mais. Quase um silêncio, a maioria me ouvia, os que conversavam nunca me importei, não sou os pais deles, não sou eu que estava jogando quatro mil reais fora. Porém ela cortou o silêncio sem usar a voz, levantou o braço magro e pálido.

Professora.

Sim, Amanda.

Isso que a gente leu, sobre Deus não ter experimentado um ente externo, me fez pensar em uma mulher grávida, e se pensarmos num bebê como um ente, a mãe é tipo o Deus do bebê.

Amanda era branca e loira, olhos claros, inocência e audácia exalavam de seus poros na mesma medida. Porém, por debaixo da audácia, consegui entender uma espécie de medo. Sim, eu vi temor. Fêmeas, temos uma linguagem acessível apenas a nós. Mulher sabe ler a ferida uma da outra. Amanda parecia bem interessada no estatuto de um bebê. Respondi que o estado da gravidez é quiçá o estado mais complexo ao qual um humano pode chegar e que enxergá-lo à luz de Tomás de Aquino poderia não ser muito operativo. Mas tentei. Deturpei um tanto, mas alimentei sua dúvida. Puxei uma citação na cabeça, "existem olhos privados de sua função normal, mas não existe a cegueira", expliquei que para Aquino até o que precisamente não existe poderia ser considerado um ente.

Olhei alguns meninos, pupilos de Gabriel, confirmei suas reações.

Então, a senhora está dizendo que no caso da gravidez o feto existe, disse Danilo, dezessete anos, filho de médica.

Sim, ele existe, até antes existe, como embrião, respondi a ele, mas em um tom de voz que alcançasse todos os meninos da sala, mas a mulher existe também. Talvez, Amanda, virei meu rosto suavemente, sua tese não seja radical, a mãe pode sim ser o Deus do feto, colocamos assim. Vamos pegar uma situação clássica, uma mulher que, casada, com condições financeiras e com muito desejo, fique grávida. Ela é Deus criando um mundo sob a luz de seu projeto, o embrião existe, a mãe querendo ou não, pois ou há a criação do mundo ou não há, é um estado negativando o outro.

Professora.

Sim, Amanda.

Eu entendi, mas quis dizer em outro sentido. A mãe é o Deus do feto porque ela é capaz de determinar o destino.

Êê, 'tá chapando, Amanda. Posso também determinar o destino de quem eu quiser, é só eu matar a pessoa também.

Ninguém 'tá falando em matar aqui, garoto.

E 'cê falou o quê. (É, quis dizer o quê. (Essa aí é...))

Deus mata também, não mata, Ricardo.

Porque ele é Deus, né.

Continuei calada. Estava assistindo filosofia ser feita ao vivo.

Amanda se virou e cruzou as pernas, respondeu a Ricardo com a caneta na mão:

E a mulher é o quê, Ricardo.

No almoço fiz algo que não costumava fazer quando nulípara, fui a um restaurante self-service a quase um quilômetro do colégio.

O bom é que dificilmente alguém me veria ali, o ruim foi que comi demasiadamente e minha calça me causou um desconforto imediato, como se minha barriga de repente houvesse dobrado o tamanho como o feto faria em duas semanas, e pensei nisso e me assustei. As cordas vocais e a laringe provavelmente estão em término de formação. O que é capaz de destruir o mundo, a palavra, tinha seu instrumento pronto para o ente, afinal, não existe Little Boy no céu antes da palavra de ordem

Sentava à mesinha quadrada, segurava a ponta da toalha de plástico, olhava o prato vazio, o osso do frango, o guardanapo amassado e alaranjado de molho. Senti que o nariz voltava a entupir como há quatro dias, sentia calor pela sombra do tempero na minha língua e pela grande quantidade de seres humanos almoçando naquele salão.

Eu estava atrasada mas desistente e ciente de ser desistente. Em quatro dias aconteceu o que mesmo. Gabriel novamente no meu apartamento porque minha libido fogueou há quatro dias. Nós, conversando sobre baboseiras no sofá há quatro dias. E há quatro dias eu sinto vontade de contar. Sim, uma vontade de contar e dividir o peso que neste exato momento sinto. O feto é capaz de deglutir e eu não sei se eu ainda sou.

Eram por volta das dezessete horas quando minhas narinas entupiram de vez e uma dor de cabeça aguda atingiu minhas têmporas. Fui até o banheiro para abrir a calça e respirar um pouco, além de não pensar em nada. Desde as dezesseis que sentia uma dor no pé da barriga, uma dor muda, constante, como se estivesse algo muito volumoso ali.

Na sala dos professores, me sentei numa poltrona com um café na mão. A sensação de que qualquer um poderia entrar a qualquer momento me deu medo. Levantei e saí com a xícara na mão, andei com desconforto pelo corredor, desci a escadaria que chegava às salas do subsolo, onde alunos tinham aulas de recuperação. Havia um corredor escondido por ali que era usado de fumódromo. Acendi o cigarro e quando soltei a fumaça repassei todo o dia na minha cabeça em um segundo.

Talvez seja isso que eu não possa mais aguentar e por não aguentar, aceitar. Olhei para baixo, levantei minha camisa dois números maiores, a barriga espremida pela calça. Mas também não sei. Não, não sei.

Traguei. Uma fantasia. Desde o começo Gabriel é fantasia. E esse pensamento que me persegue, essa cena, eu sento em um sofá e ele em outro e conto a ele que espero um feto que foi concebido com ajuda de seu esperma, o coloco na cena, o coloco na peça, traio a mim mesma, e por que me vejo sendo infiel a mim mesma e a vontade de fazer isso não morre. Talvez eu saiba que a reação dele será em favor da natalidade e que isso seria o cenário perfeito para eu arcar com isso de vez e me selar a Gabriel. Como assim. Não. Como sou capaz de pensar isso. Não quero Gabriel. Não quero o outro. Não quero.

Parei no semáforo e fechei os vidros, mesmo que aquela parte de São Paulo não fosse mais tão perigosa. Era um cruzamento, tinha um McDonald's na esquina e pude ver que, no lado externo, famílias se apinhavam nas mesas. A mais próxima da rua e mais visível para mim era composta por uma mãe, um pai e um filho. Clássico. Todos brancos, todos com roupas em cores que não combinavam, o menino, tem cabelo liso, comprido, não chega a ser tigelinha como nos anos 90 mas cai na testa e as mechinhas pulam conforme ele sobe na mesa. Deve ter um ano de idade. Não é um bebê recém-nascido mas também não é uma criança. É um bobo curioso que não divisa ódio de amor. A mãe, talvez cansada ou entediada pela cena recorrente, não o tira da mesa, parecia mal ter visto, segura o lanche nas mãos e olha o lanche, ali, a ela, existe o lanche. Mas o filho alcança o mesmo desejo, arranca o pão de cima e começa a comer imediatamente. A mãe pega o pão e consigo ouvir

Não rosna pra mim, menino.

O farol abre.

Ter filho é ficar nua. É só imaginar e me vem a nudez. A nudez mais clara da minha própria condição. Ficaria completamente nua quando visse a criança no meu colo, quando a amamentasse a primeira vez, quando percebesse que aquela organicidade vital a manteria viva, fortalecida, vitaminada e protegida, que meu acalento e minha incorporação — pois é esse o momento da incorporação — prepararia seu corpo para que ela fosse à selva. E eu precisaria cuidar, cuidar sem parar por anos. Para algumas mulheres pode parecer o paraíso ter um serzinho desamparado que necessita exclusivamente de sua pessoa, porém eu não preciso de ninguém. Ensinei a mim mesma a não precisar de ninguém desde que escutei da minha avó, da diretora do abrigo, do meu pai e do meu ex-namorado que eu não sabia me virar sozinha.

Porém, eu seria obrigada por algum motivo. Sinto que preciso de mais uma taça de vinho. Me levanto e quando ando até a cozinha sinto meu mamilo endurecido e quando cubro com a mão sinto o líquido aguado do colostro.

É o mamífero a criatura que a natureza fez com mais crueldade. Sendo muito bem possível ver a natureza não como má, mas como criadora do mal-estar. A estrutura da natureza tem o esqueleto da sobrevivência, se antes dessa criança há um eu é por causa da sobrevivência, ou seja, se ela terá que sobreviver é porque a natureza exterior a ela também tem que sobreviver. Terei que ensinar essa criança a ser violenta e antiética, e não falo de assassinatos ou má conduta, falo de negar ao amiguinho que quer o brinquedo emprestado a, se caso o feto que carregarei também tenha ovários, se negar gerar outra criatura. No fim, clamando a filosofia novamente, a ontologia inerente à existência me impede de não ver o concebimento como o oposto do assassinato. Pode até ser bem formatado o que o Patrick me disse horas atrás, Só quem existe sabe disso, Maria, sim, é verossímil mas a filosofia infelizmente tem verdades mais pessimistas.

E não sei se ainda entendi onde sou professora e onde sou aluna nesse pensamento todo. Continuo como estou, a diferença é que sinto frio, o vinho no fundo da taça secara, o cinzeiro silenciara, Clarice não mudara de lugar e minha leve intumescência na barriga também não. Sim, quero livrar-me deste estado mas não posso simplesmente enfiar um cabide até o colo do útero e puxá-lo.

Se todos fizessem o que faço agora talvez a cidade fosse menos insana. Se parássemos de fabricar, parássemos as políticas, parássemos o mercado, parássemos a academia, a literatura, a ciência. Se sentássemos e refizéssemos tudo outra vez e talvez cientes do jogo egoísta de se existir alienado na projeção alheia, cientes do desprazer inerente ao prazer de se ser, cientes da infundada busca do grão de areia pela beira da água, assim fizéssemos filhos novamente e procriássemos novamente. Sem necessidade de comer a Terra.

21

Seco a mão na toalha antes de pegar o telefone sobre o lavatório. Seis e quinze da manhã. Fecho o chuveiro e me vem a ideia. Para me livrar da escola é simples, irei adoecer. De alguma maneira ficarei gravemente doente, tentarei uma semana. Talvez Tânia. Talvez Tânia, porque, mesmo que não nos falássemos, a urgência é tanta que talvez pudesse convencê-la a me ajudar com um atestado. Só precisava lembrar que área da medicina ela tinha enveredado uns anos atrás.

E Gabriel.

Me enrolei na toalha e não olhei no espelho. E Gabriel. Teria que terminar essa merda, vou dizer que passou, que acho que não poderia me abrir à possibilidade. Não, não ficaremos juntos, direi, direi como dizem os homens, 'tá louco, não vamos ficar juntos.

O espelho começou a desembaçar. Queria fugir dele, porém não desejei isso. Ajudei a desembaçar, passei a mão de uma vez e tirei a toalha, olhei bem para o motivo. A razão pela qual não queria pisar na escola e não queria nem ver o Gabriel. Há dois ou três dias que me constatei, se colocar calça não aguentarei dar horas e horas de aula de pé com tudo me apertando, se eu colocar um vestido irão perceber de imediato. Reparo a linha negra que surge do umbigo. Aperto a barriga com força, com raiva, a sinto molenga mas a pele se estica quando retiro a mão. Não teria como eu escapar nas próximas férias e, enfim, arrancar isso de mim. Porque eu sei que não poderei simplesmente sair andando e tomar um sorvete depois de um aborto. Não é como arrancar um dente. Não, até mês que vem isso aqui estará inquestionável, uma procrastinação, uma crueza, uma preguiça.

Ligo para Patrick.

Aconteceu alguma coisa.

Desculpa pela hora.

Por isso mesmo, o que aconteceu.

Me arrependi de não ter feito.

Peraí, deixa eu ir para a sala, o Léo 'tá tomando banho. Oi. 'tá me ouvindo.

Sim, sim.

Maria, pensei que tinha feito.

Não, não fiz. Não sei por quê. Mas me arrependi, sinto que estou atrasada demais. Já dá para ver perfeitamente que tem barriga aqui.

Maria, vamos. Eu vou junto com você. Vamos terminar isso de uma vez.

Sem necessidade de comer a Terra. Pois a comemos sem um propósito claro. E a que valeria o propósito.

Um vizinho do prédio à frente ligou o som. Não me importo nem um pouco com o horário. O oposto. É uma música que gostava muito quando adolescente. É System of a Down, Chop Suey. Os vizinhos acima e abaixo do meu apartamento devem ter levantado, eu não levanto, fecho os olhos e diviso a bateria da guitarra à espera do refrão. Eis que ele chega e a letra, de algum espírito tão pesado quanto o meu, me dá um motivo para viver. A beleza também é uma motivação pela qual podemos gastar a vida.

A música pode ser um motivo para se querer viver.

Guto dizia que minha beleza era a mais diferente que ele já vira. Era o fim da manhã, uma aula a menos, fomos liberados às onze. Em um cantinho do colégio nos sentaríamos eu, ele, a Carol, a Ju, o Tavares, o Fê, fumaríamos e daríamos risadas das piadas mais toscas, os cabelos estariam cortados nos penteados mais radicais para a época, as unhas e os olhos pintados de preto, as calças coladas ao corpo. Eu e Guto ficaríamos grudados, nos beijaríamos obscenamente de vez em quando, sem nos importarmos com o que os outros estavam falando, porque o que importaria a nós dois ali àquela altura seria o amor. Nosso amor.

Eu perdi a virgindade com Guto e foi em cômodo casto pois dei a primeira vez em um quarto do abrigo com um crucifixo na parede. Fiz tudo aquilo muito triste porque eu sabia que o Guto já tinha transado com outras meninas e, além do ciúme, tinha a sensação de que estava para trás. Porém, foi com ele também que tive um orgasmo pela primeira vez e me apaixonei. Sua voz me atraía, seu gosto musical me atraía, seu corpo me atraía, seu cheiro me atraía. A partir do momento que me vi amando o Guto não consegui me livrar da presença dele, ela se tornou necessária para que eu convencesse a mim mesma de querer viver, ao mesmo tempo sentia uma espécie de gratidão, uma certa dívida para com a pessoa que, enfim, havia me demonstrado amor. Porque meu pai não havia demonstrado me amar, minha avó não havia demonstrado me amar e minha mãe pode até ter me amado, mas ela nunca viu meu rosto. Guto não havia feito isso como me mostrado que eu era uma pessoa, uma pessoa digna de ser desejada. Ele também gostava de compartilhar a existência comigo. Pois nosso delírio era esse, até mesmo repetíamos frases como "éramos um só". Sim, ele me delineava, ele foi a primeira pessoa a me descrever e me ser espelho. Guto foi minha mãe.

22

Amanhã será feito. A tal Clínica da Beth, fui até lá. Busquei Patrick em sua casa e seguimos até o endereço, uma alameda muito escondida no Jardim Europa, atrás de um grande portão e das árvores alinhadas havia uma mansão. Fachada para um interior de hospital de elite. Atrizes, modelos, influenciadoras, socialites, políticas, ricas e milionárias deixavam seus anjinhos por ali, num ambiente asséptico, quase celeste. Beth era neonatologista mas, como nunca conseguiu lucrar muito com um consultório, migrou a carreira para uma camada abaixo da moral para lucrar com o que mais se lucra no capitalismo, a clandestinidade e a ilegalidade. Paguei em dinheiro como combinado e marcamos para dali a dois dias.

Acordei cedo e vesti uma roupa simples mas ainda assim diferente do que uso de costume. Talvez os espelhos, vasos e o porteiro do condomínio nunca haviam me visto de vestido. Porém hoje viram. Peguei um vestido creme que vai até os pés, o tecido é leve, voa e deixa à vista meu segredo. Para meu intuito, não é um problema. Poderia ir de carro mas desde ontem à noite pensei em ir de ônibus, como se fosse um retorno e não uma visita.

Ao sair de casa pensei na minha coleção de horas. Eram horas horríveis que guardava comigo. Noites, manhãs, tardes. Madrugadas não, as madrugadas sempre foram minhas. Noites assustadoras no abrigo, o tempo das crises de pânico, o medo excessivo da minha infância. Manhãs de distância com minha avó, manhãs de abandono com meu pai. Era manhã quando eu, ele e a Bianca pegamos o ônibus.

Era 1998. No entanto, antes da manhã houve o dia anterior, o domingo e no dia anterior ao domingo tivera o Playland, tivera calçada e eu, ele e a Bianca. Eu no meio, Bianca em uma mão e ele na outra. Lembro de ser magra como hoje, e mais feliz. No Playland eu, quase anêmica, como uns diziam, me perdia nos labirintos de plástico, já eles iam brincar como adultos nas motos. Eram jovens. Ele tinha a minha idade, ela era mais nova. Ele era lindo, os cabelos eram mais cacheados, ele os usava molhados e passava Trim para que não ficasse com volume, me lembrava o Michael Jackson e eu dizia isso a ele. Sempre eu surgia, os encontrava onde quer que fosse e pedia mais fichas, e naquele sábado fiz a mesma coisa. Porém, logo que os encontrei nas motocicletas tamanho real, flagrei um beijo. O primeiro beijo que vi meu pai dando em alguém. E esse alguém era a Bianca. Que era uma amiga, como eu dizia. Não era minha mãe, e isso eu não dizia. E no domingo comemos macarrão, a Bianca tinha feito, e meu pai ficou escutando rock em seu quarto, comeu por lá. Na segunda de manhã tinham que me levar para o colégio. Deviam ser seis horas e tanto ele quanto a Bianca me levaram. Pareciam meus pais. Era ele, alto e moreno, ela, alta e de cabelos compridos e pretos. Ele usava coturnos. Ela usava botas de plataforma como moda na época. O chão do ônibus era de alumínio. Usávamos fichas para pagar. As poltronas não eram separadas, além de duras e de plástico. Não havia preferencial ou espaço para cadeirante. Era o fim dos anos 90. Da Lapa até a Vila dos Remédios não deveria ser muito. Hoje ainda deve dar o mesmo tempo, vinte, trinta minutos. Descemos no ponto da ladeira do colégio. Lembro que ali meu corpinho de sete anos sentiu um repentino desconforto, um medo estrangeiro. Chegamos no colégio, eles sem fôlego mesmo que não fumassem e eu pálida, de boca fechada. Ele e a Bianca me deixaram lá dentro, perto do pátio. Ele se abaixou e me deu um beijo. A Bianca me acenou. Quando vi as costas deles, entendi. Comecei a chorar de imediato mas não gritei. Vi as costas indo, indo até a portinha por onde entramos. E as costas vão e sinto o choro mais forte, então seguro forte a alça da lancheira, olho para o chão, revejo as costas e elas saem. Os que parecem meus pais vão embora. Eu grito. Entro no pátio coberto e procuro a professora Aline. A encontro em prantos e ela me acode nos braços magros e eu grito. Por que choro. Porque meu pai me abandonou, eu grito. Como abandonou. Ele me deixou aqui. Cadê seu pai. Foi com a namorada embora. Fui levada até a secretaria, me deixaram sentada num banco, eu ainda chorava mas consegui ouvir que Prof.ª Aline ligava para ele. *Mas ela está bem abalada, seu Bruno. O senhor tem certeza.* Quando ela saiu logo perguntei.

Ele vem me buscar.

Ele disse que é para você ficar e ter aula, Mariazinha. Que aí ele vem te buscar.

No segundo ônibus vi os dois estágios da coisa como dois retratos. Antes de rodar a catraca eu as vi em relance mas o suficiente para gravar na cabeça. No assento para o acompanhante do cadeirante estava a lactante, cobrindo a cria e o seio do mundo, como uma arte sacra, madona de chinelos no pé. Do outro lado, encostada na porta, a grávida, rebelde e radical, de barriga imensa, mexendo no celular e mascando chiclete. Pensei qual estágio seria eu, ali no meio das duas.

Desci no ponto da ladeira mas não a subi. Virei à direita e segui reto, na rua dele. Ou melhor, onde vinha morando há décadas e onde, desde que Bianca morreu, passou a definhar. A rua parecia que não mudaria nunca, os paralelepípedos e os bueiros para mim soavam a ruínas antigas, daquelas que nunca se deterioram, as figuras guardadas pelas casas que eram as mesmas da minha infância e, provavelmente, da infância dele.

    Quis acender um cigarro mas já estava chegando na casa. Parece piada ele poder ter algo que não tenho. Casas e vizinhos de infância. E penso se ele me espera com algum tipo de anseio, o mínimo que seja. Um sentimento explícito já valeria. Nem que fosse raiva.

    Cheguei no portão. Era cinza como sempre. A porta estava fechada mas a janela da sala estava aberta e a vida toda a janela aberta era um sinal de que ele estava em casa.

    Papai!

    Demora como sempre. Um vácuo no meu peito, como sempre.

    Então, ele abre a porta.

Guto foi minha mãe. Porém, não demorou para tanto minha avó e meu pai notarem que estavam perdendo o controle. Minha avó começou a proibir as visitas de Guto, então tratei de fugir e ir até ele. Um dia meu pai, a pedido da minha avó, armou uma armadilha, convidou Guto e eu para um almoço de domingo. Durante a refeição, tanto ele quanto minha ex-madrasta foram irônicos e ridículos, gozando do poder de decisão de "pais" que eles tinham. Eu estava com dezessete anos. Lembro que na hora da sobremesa começou a confusão, Guto, ofendido pelas indiretas, se exaltou e meu pai o prensou na parede e bateu na sua cara, o acusando de estar estragando a minha relação com a família. Família. Não havia e nunca houve família. Deixou mesmo de haver depois que meu pai foi até os pais de Guto e cortou nossos laços através de acordo com outros maiorais.

Não demorou muito e fiquei obviamente deprimida no abrigo. Durou meses até que tentei me matar e uma das inspetoras me salvou botando o dedo na minha goela e me levando até o hospital para que me fizessem uma lavagem. No dia seguinte, comigo grogue e completamente perdida nos próprios sentidos, recebi uma visita do meu pai e ouvi que não passava de uma fraca. Que não querer viver era coisa de gente fraca. Serei fraca agora, papai. Enfrentando isso sozinha, sentada no chão duro que paguei com minha fraqueza, com as costas apoiadas no sofá que paguei com minha fraqueza, acendendo o cigarro que comprei com a fraqueza.

Mas sou fraca de não bancar esse que pode não ser meu pai. Estou sendo temerosa a um outro possível Guto. Difícil saber. E possível de ser. E, de repente, desejo que Guto estivesse aqui, independentemente de como andasse a vida, se pobre, se triste. Porque ele também me chamou de fraca inúmeras vezes e queria mostrar a ele que não sou fraca, que encaro a contradição até de mim mesma. Domino, Guto, não vê. Domino as duas consequências que tenho nas mãos. Os dois lutos eu tenho. O luto pela ida, o luto pela permanência. Não serei fraca se enfrentar qualquer um dos dois.

Me levanto e vou até o quarto, volto com um robe e algo que não fazia uso desde julho. De volta à sala me sentei no sofá, acordei Clarice com o ruído de tecido — a música do vizinho já havia cessado — e acendi o baseado no que ligava o ventilador de teto com o controle-remoto. No terceiro trago, chamaria de Sebastian se menino e Aurora se menina. Se Sebastian ou Aurora, teriam que enfrentar o dogma, e talvez sob o dogma, Sebastian ou Aurora, quisessem ser bem menino e menina, ele no arbítrio quereria se juntar aos outros machos, para explorarem, para se digladiarem por posição, e ela no arbítrio quereria se juntar a outras fêmeas, para permanecerem, esperarem e digladiarem pelos machos. O dogma funciona muito bem ainda na maioria dos dias, não sendo impossível de Sebastian ou Aurora se contrariarem e seguirem a tônica da sua geração como venho seguindo a da minha e se digladiarem. Eu adoraria. E no sexto trago, pela primeira vez, olhei para baixo.

Me apresentei àquilo. Sim, se Sebastian o faria o melhor homem do mundo, se Aurora a faria melhor mulher do mundo. Eu pagaria, porque posso, um colégio melhor que o Wolfgang. Os direcionaria a serem críticos, diria para que estudassem, não se torturassem, dominassem o mundo. Porque não seria meu pai. E esse desejo seria a capa da minha missão se eu decidisse ser mãe, pois faria da falta, a força, e da criança, um desenho.

23

E aí, filhona. Ele surge realista. Não há idade que apague o rosto do meu pai. Vem devagar, procura a chave certa no molho, os cabelos estão brancos, algumas poucas mechas castanhas, óculos esportivos para parecer jovem. Abre o portão e vê o que há além de mim.
Maria, é mesmo.
É sim, papai.
Ele me abraça. Sinto seu corpo e um intervalo entre nós e, pela primeira vez, a gigante sou eu.
A casa também não mudava. Um dos sofás tinha parte de seu esqueleto exposto, a mesa de centro estava descascada e as paredes manchadas. Perguntei pela Cássia.
Ah, 'cê nem acredita. Saiu com o namorado, foram na Vinte e Cinco.
A Cássia. Namorando, já.
Pra você ver, filhona. Quer um café, né.
Ai, papai, com certeza.
Fomos até a cozinha. Lembrei de quando encontrava Bianca sempre ali, à beira da pia, cortando alguma coisa na tábua amarelada. O fogão também não mudou. Notei em alguns minutos de conversa com ele que os gatos também morreram, eles já estariam os três aqui, me cheirando e identificando o odor de Clarice. Intui que talvez eu também morresse antes do meu pai.

Os silêncios e respiros eram bons para que eu me reorganizasse. Conversar com meu pai sempre foi como falar em público para mim. Não há indivíduo no planeta que me faça escolher as palavras além dele, nunca tive costume de medir quem sou na hora de falar espontaneamente, nem nos tempos que dei palestras. E pensei, bebericando o café, adocicado ao gosto dele, que Cássia poderia ser uma ótima segunda candidata a continuar a geração humana da família. O que nos ligava era termos sido feitas com o mesmo esperma, e ele foi mais pai dela do que meu. O bom é que, antes, eu era a filha da mãe morta e Cássia a filha da mãe viva.

O pai e as duas filhas mulheres propícias a procriar. Essa cena era até poética. A filha fértil e a filha tampada. A raiz verde-lima e a raiz seca. Um neto ou neta de uma e nada, poeira, da outra.

Por um tempo, o suficiente, me senti aliviada. Peguei mais café e disse que ia fumar um cigarro no quintal.

Ele me acompanhou.

Meu pai tinha olhos muito pretos. Era um homem que falava com as mãos para trás. Escorou perto da janela, as costas contra a parede, os olhos em mim.

Até aquele momento não tínhamos falado da gravidez, ela continuava como algo visual. Era algo que boiava. Seria agora o momento de tocar no assunto. Falei que eu estava de quatro meses, que

Não esperava mesmo por isso.

Eu já sabia que uma hora você poderia ser mãe.

Não sou mãe ainda, não, papai. E mostrei o cigarro. Ele não deu risada.

Me diz, como aconteceu. Você conheceu alguém nesses anos todos. Estava com cara de controverso.

Continuo solteira, se é isso que o senhor quer saber. Tive um casinho meses atrás e agora estou assim. Me senti obrigada a te mostrar, para a Cássia também. Não é todo dia que se é avô e tia. Não sei por que disse isso. Traguei o cigarro e revi sua cara de bravo. O senhor não gostou.

Não é isso, Maria. Por que parece que você não muda, mano. Sempre tem que fazer o mais difícil. Nem com a vida ganha você ajeita. Dá um ligo, cadê o pai dessa criança.

O que ele tem a ver com isso, papai. Nesse momento, meu coração já doía. Traguei mais forte. Isso, papai, é um problema meu, não tenho nada com ele nem nunca tive, não fomos namorados. E o que eu estou fazendo de difícil.

Eu 'tô ligado como você funciona. Quatro meses, né. E há quatro meses que você não parou de fumar. Você não está nem aí, certeza. Que sempre você foi assim.

Papai, o senhor é que sempre complica. Nem falei nada, só vim aqui contar, você é meu pai.

Eu sei lá, mano.

Ele realmente está contrariado. Os pés cruzados, as mãos atrás das costas, negativas com a cabeça. Tem sessenta anos, duas esposas e uma filha a menos. O que diabos ele não suporta. É muito difícil entender. Não há nada no mundo que meu raciocínio humano não alcance senão meu pai. Não havia ato meu a ser vangloriado, nem quando, ali, estava provando que cometi apenas um dos propósitos do meu corpo mas nem isso é digno de nota, digno de se considerar.

Sei lá, mano. Quantos anos você não vem aqui, Maria. Quatro, cinco. E aparece grávida, tudo bem. Só não sei o que pensou que eu falaria.

Comecei a chorar e me odiei por isso. O cigarro estava acabando, a vontade de fumar não, mas não acenderia outro. Perante meu pai, perante a lei, devia ser uma mãe ali, devia ser obrigada a cumprir o papel, um papel que nem existe. Estava atada. Não podia escolher. Não podia ser eu. Traguei. Sobraram mais uns dois ou três. Vou tragar quatro, até o filtro, porque não quero pensar. Mas me vem tudo. O Feto, ele, Guto, Gabriel, Renata, Cássia, ela, minha avó, Henrique, Amanda, Patrick, *aquela tarde* há dez anos.

Foi a primeira vez que tive aquela crise horrorosa de ansiedade na frente dele. Mesmo o cenário fortuito a seu desejo antigo não o fez me perdoar. Estava tudo do jeito esperado, tinha me livrado da presença e do domínio de Guto, minha avó estava mais calma, havia morrido em paz, e eu também estava calma, havia pedido a ele para que morássemos na mesma casa, havia dado a ele a chance de me conhecer porque o que meu pai tem de mim é um mosaico e um mosaico que mal entendo a forma, é um mosaico só dele, feito com peças diversas, em várias idades, em muitos momentos, na cidade, na rua, na praia, no parque, todos os meus erros, minhas mancadas, meus desvios, minhas transgressões. Sua coleção. Sua dedução. Eu era um ser sem chances de melhora e ponto.

Ele foi até o abrigo, estava uma tarde feia, cinza e branca, ele pegou chuva, os cabelos molhados como um pouco mais de uma década antes costumava usar ao me ver, eu parecia ser a mesma criança, com vinte e dois anos completos, com o raciocínio comprometido pelo remédio que tinha usado para tentar me matar, sentada numa cadeira de plástico como uma ré. Bianca foi também, como um chaveiro, como o coro da tragédia. Ele pouco se lixou para minha sugestão. Não, como que ele teria certeza de que seria uma boa eu morar com ele e com a Cássia, que era nascida, e a Bianca. Não, ele não achava boa ideia, e se ele e a Bianca brigassem por conta de mim, é rua. Foi o que ele disse. Além de que se arrependia. Sim, ele se arrependia de ter me deixado no abrigo, deveria ter mesmo criado a mim como gente.

Ele discursava e eu começava a paralisar em meio ao choro quente. A luz branca da sala era opressora. Os dedos juntavam, a boca crispava, os pés elevavam. A pele formigava.

Porra, Maria, de novo isso.

Comecei a chorar de soluçar. A guimba queimada continuava entre meus dedos, a respiração era quente e forte. Me vi quase sucumbindo aos pensamentos. Quase me agarrei à única pessoa ali que não era ele.

O que meu pai queria. Ele não viu minha mãe em mim. Não sei. Acho que ele nunca vai conseguir fazer isso, porque eu não represento a ele a continuidade da minha mãe mas sua falta. Eu era, sempre fui, a lembrança da ausência. Talvez tivesse inveja da minha oportunidade. Não sei. Somos criativos e isso sempre nos conectou de algum jeito muito forte. Eu tenho um papel em branco que ele não tem mais acesso. O que pensa sobre isso. O que pensa sobre a Maria degenerada ter uma criança, poder fazer algo que, até quatro meses atrás, entre nós, somente ele tinha podido fazer que é ser pai. Eu era tanto incômodo que mal parecia existir gravidez e neto ou neta. Não sei. As memórias e o presente me sufocam. O choro não cessa. O formigamento aumenta, alcança as maçãs do meu rosto, consigo sentir até nos olhos.

Até sentir lá.

Até que a abóbada em formação se endurece mais que o costume. Engulo mais desespero. Num súbito, tenho vontade de proteger o bebê do meu pai. Nesse instante fui mãe e seria a única vez.

Não consigo falar senão gemer.

Dez anos atrás fiz o mesmo. Eu estava paralisada, a boca de peixe. Olhei seu rosto cheio de irritação, o mesmo rosto de irritação do passado. Consegui perguntar.

O senhor não acredita.

Eu não, vai saber, você é dramática.

Não pude articular mais que aquilo. Fechei os olhos e caí em mim mesma. Sentia que eu era apenas uma barriga. Uma barriga de pedra. Abri os olhos.

São Paulo – Paraty – São Paulo
Out/2022 – Jun/2023

Cara leitora, caro leitor

A **Aboio** é um grupo editorial colaborativo.

Começamos em 2020 publicando literatura de forma digital, gratuita e acessível.

Até o momento, já passaram pelos nossos pastos mais de 500 autoras e autores, dos mais variados estilos e nacionalidades.

Para a gente, o canto é conjunto. É o aboiar que nos une e que serve de urdidura para todo nosso projeto editorial.

São as leitoras e os leitores engajados em ler narrativas ousadas que nos mantêm em atividade.

Nossa comunidade não só faz surgir livros como o que você acabou de ler, como também possibilita nos empenharmos em divulgar histórias únicas.

Portanto, te convidamos a fazer parte do nosso balaio!

Todas as apoiadoras e apoiadores das pré-vendas da **Aboio**:

—— têm o nome impresso nos agradecimentos de todas as cópias do livro;
—— são convidadas a participarem do planejamento e da escolha das próximas publicações.

Fale com a gente pelo portal **aboio.com.br,** ou pelas redes sociais (**@aboioeditora**), seja para se tornar uma voz ativa na comunidade **Aboio** ou somente para acompanhar nosso trabalho de perto!

Vem aboiar com a gente. Afinal: **o canto é conjunto.**

Apoiadoras e apoiadores

124 pessoas apoiaram o nascimento deste livro. A elas, que acreditam no canto conjunto da **Aboio**, estendemos os nossos agradecimentos.

Adriane Figueira
Alexander Hochiminh
Allan Gomes de Lorena
Ana Carmen Quaresma Mendonça
Ana Paula Machado
André Balbo
André Pimenta Mota
Anthony Almeida
Arthur Lungov
Bianca Monteiro Garcia
Brunna Fernandes Cortes
Caco Ishak
Caio Girão
Caio Girão Rodrigues
Caio Narezzi
Calebe Guerra
Camila do Nascimento Leite
Camilo Gomide
Carla Guerson
Carolina Nogueira
Cecília Garcia
Cintia Brasileiro
Cleber da Silva Luz
Cristina Machado
Daniel Dago
Daniel Giotti
Daniel Guinezi
Daniel Leite
Daniela Rosolen
Danilo Brandao
Denise Lucena Cavalcante
Dheyne de Souza
Dia Nobre

Diego Perez
Diego Salgado
Diogo Cronemberger
Eduardo Rosal
Febraro de Oliveira
Fernanda Caleffi Barbetta
Flávia Braz
Flávio Ilha
Francesca Cricelli
Frederico da Cruz
    Vieira de Souza
Gabo dos livros
Gabriel Cruz Lima
Gabriel Cunha
Gabriel Ferreira
Gabriela Figueiredo
Gabriela Machado Scafuri
Gael Rodrigues
Giselle Fiorini Bohn
Guilherme da Silva Braga
Gustavo Bechtold
Gustavo Dutra
Helena Machado
Henrique Emanuel
Isabella d'Orsi
Jadson Rocha
Jailton Moreira
Jessica Marques
Jesus Ramos
João Luís Nogueira

Joca Reiners Terron
José Paulo da Rocha Brito
Júlia Vita
Juliana Costa Cunha
Juliana Schneider
Juliana Slatiner
Juliane Carolina Livramento
Larissa Bosco
Laura Redfern Navarro
Leitor Albino
Leonardo Pinto Silva
Lolita Beretta
Lorenzo Cavalcante
Lucas Ferreira
Lucas Lazzaretti
Lucas Verzola
Luciano Cavalcante Filho
Luciano Dutra
Luis Felipe Abreu
Luísa Machado
Manoela Machado Scafuri
Marcela Dantés
Marcela Monteiro
Marcela Roldão
Marcelo Cardoso
Marcelo Conde
Marcelo Oliveira Nunes
Marco Bardelli
Marcos Gabriel
    Mendes Nasarét

Marcos Vinícius Almeida
Marcos Vitor Prado de Góes
Maria Inez Frota
    Porto Queiroz
Mariana Donner
Marina Lourenço
Mateus Torres Penedo Naves
Mauro Paz
Menahem Wrona
Milena Martins Moura
Minska
Nadja Rodrigues de Oliveira
Natalia Timerman
Natália Zuccala
Natan Schäfer
Otto Leopoldo Winck
Patricia Andrade
Paula Maria
Paulo Scott
Pedro Jucá
Pedro Torreão
Pietro Augusto Portugal
Rafael Mussolini Silvestre
Rodrigo Barreto de Menezes
Rosemary Soluche
Sergio Mello
Sérgio Porto
Tatiana Lazzarotto
Thaís Campolina Martins
Thais Fernanda de Lorena

Thassio Gonçalves Ferreira
Valdir Marte
Weslley Silva Ferreira
Yvonne Miller

ABOIO

EDIÇÃO Leopoldo Cavalcante
ASSISTÊNCIA EDITORIAL Marcela Roldão
COMUNICAÇÃO Luísa Machado
CAPA E PROJETO GRÁFICO Leopoldo Cavalcante
IMAGEM CAPA Ogawa Kazumasa

© da edição Aboio, 2024
© do texto Andreas Chamorro, 2023

Todos os direitos reservados. Nenhuma parte desta obra pode ser reproduzida, arquivada ou transmitida de nenhuma forma ou por nenhum meio sem a permissão expressa e por escrito da Editora Aboio.

Grafia atualizada segundo o Acordo Ortográfico da Língua Portuguesa de 1990, que entrou em vigor no Brasil em 2009.

Dados Internacionais de Catalogação na Publicação (CIP)
Tábata Alves da Silva — Bibliotecária — CRB-8/9253

Chamorro, Andreas
  Antes que o fruto caia / Andreas Chamorro. -- São Paulo : Aboio, 2024.

  ISBN 978-65-85892-14-8

  1. Ficção brasileira I. Título

24-190251   CDD-B869.3

Índices para catálogo sistemático:
1. Ficção : Literatura brasileira

[2024]
ABOIO
São Paulo — SP
(11) 91580-3133
www.aboio.com.br
instagram.com/aboioeditora/
facebook.com/aboioeditora/

Esta obra foi composta em Adobe Garamond Pro
O miolo está no papel Pólen® Natural 80g/m².
A tiragem desta edição foi de 500 exemplares
impressos na Gráfica Loyola (SP/SP).

[Primeira edição, março de 2024]